余命わずかな花嫁は龍の軍神に愛される

一ノ瀬亜子

STARTS
スターツ出版株式会社

目次

余命わずかな花嫁は龍の軍神に愛される

序章

この国を護る龍は、桜を愛していた。

儚《はかな》くも美しい花を、なによりも愛していた。

長い年月をかけて大地に多くの桜を咲かせると、龍はそれらを自らの依代《よりしろ》とした。

平和な世を願い、自身の瞳を『大義名分を背負う人間』に授けて――。


これはそんな龍が護る、大正時代の日の本の話。

◇

帝都に構えたダンスホール『カナリア』は眠ることを知らない。

美しくさえずる愛玩鳥の名からは到底結びつかぬ華やかさが、そこにはあった。

春の風に揺れる朧月《おぼろづき》の下、巴咲良《ともえさくら》は絢爛《けんらん》豪華なダンスホールから抜け出し、敷地の外れにある庭園を訪れた。貴婦人たちの高らかな笑い声が遠のくと、とたんに安堵《あんど》する。

小さな池の面に朧月が浮かんでいる。まるで、混沌《こんとん》とした世界から自分だけが切り離されたような静けさ。

池のそばには、一本の枝垂れ桜が生えていた。

「……綺麗《きれい》だわ」

上流階級が集う社交場とは正反対の静寂の中、桃色の花びらがひらり、ひらり、と風にのって舞っている。

咲良はそれをしばし見つめ、幼い頃に母親が歌ってくれた唄を思い起こした。

「ねむれぬこよ、ねんねんころり」

口ずさむと、今は亡き母親の面影が浮かぶ。

「おはなのかおりで、ねんねんこ」

優しい人だった、と咲良は目を細めた。

木々の揺れる音にのって、咲良の控えめな歌声が響く。こうしていると少しだけ息苦しさが和らぎ、安心できるような気がした。

枝垂れ桜の幹のそばで、咲良がぼんやりと立ち尽くしていた時。

「そこに誰かいるのか」

まるで春の嵐のよう。予期せず、謹厳そうな男の声が割って入った。咲良はハッと肩を震わせ、恐る恐る振り返る。

「も、申し訳ございません！」

敷地の外れであれ、ここは華族が集う社交場である。ただでさえこの場にふさわしくない人間であるというのに、人目を忍んで唄を歌ってしまった。

姉たちの耳に伝われば、下品極まりない、ときつい仕置きを受けるだろう。

咲良は俯《うつむ》いたままこの場を去ろうと身を翻す。

(いち早く去らねば。きっと、見苦しいと思われたはず)

さらに加えれば、上流階級の社交場では洋装が基本だが、唯一咲良だけが和装だった。咲良はモダンなドレスなど所持していなかったのだ。

「今、去りますので――」

「待て」

だが、再び声がかかり、呼び止められる。

夜風にのって、ひらひらと桜が舞い、月明かりに照らされた男の輪郭が浮かび上がった。

あまりの美しさにハッと息をのむ。

凍てつく氷のような右眼。紺桔梗《こんききょう》のしなやかな髪が揺れると、覆われていた左眼が現れる。

「貴女の名を教えてくれないか」

そこには、右眼と色の異なる――淡い桜色の瞳があった。

第一章　出会いと縁談

一

バチバチと音を立てて燃える焼却炉の中を、当時四歳の咲良はぼんやりと見つめていた。

ひとりぼっちになってしまった。

唯一の味方だった母親は、この世からいなくなった。

悲しいのに、泣きたいのに、どうして涙が出てこないのだろう。

屋敷の裏庭でぽつんと立っていると、いつの間にか目の前に男の姿がある。ひょろりと背の高い大人の男だ。

無気力な目をする咲良に、男は薄ら笑いを向ける。

『あなたを愛する者なんて、この世にはいないようです』

真っ黒で、冷たい雰囲気を宿す男だった。

『だれ……？』

黒い薔薇《ばら》のブローチが怪しく輝いている。

――ゆらゆら、ゆらゆら。

紅く輝く瞳は、まるで鬼のよう。

『可哀想に。お母様に捨てられてしまったのですねえ』

『すて……られた？』

『ええ。あなたのことなどどうでもよくなった。自分だけが楽になりたくて、先に逝ってしまわれた』

男はくっと口角を上げる。咲良はじっと見つめ、尋ねた。

『どうして、それをしってるの？』

『あなたのことをずっと見ていたからですよ』

見ていた、とはどういう意味なのか。少しだけ恐ろしくなって、膝が震えた。逃げられない。

『いつまでもひとりぼっちは悲しいでしょうから、せめて私がとっておきの慰めを与えてあげます』

『……え？』

金縛りにあったように足が動かなかった。

『あなたは十八歳になった瞬間に――〝死ぬ〟』

男が口を開くと、視界がぐにゃりと歪《ゆが》んだ。鼓膜が張り裂けそうなくらい痛む。足もとが黒く染まり、無数の茨が伸びてきた。息ができない。苦しい。

それは咲良に絡みつき、じりじりと余命を奪っていく。

『うっ……』

『もし抗いたいのなら、刻限までに〝愛〟を手に入れてみせてください。そうしたら、この呪詛《じゅそ》から解放されるかもしれませんねぇ』

呪いに蝕《むしば》まれた咲良は、ぱたりとその場に倒れた。

『ふふふ、誰からも見放されてしまったあなたには難しいかもしれませんが』

『ふっ……う！』

『それではどうか、せいぜい頑張ってくださいね？　桜の花の——お嬢さん』

意識が遠のいていく寸前、男の薄気味悪い笑い声が聞こえた。

幼い頃の曖昧な記憶。

あれは、今思うと夢か現実かどうかも分からない。

＊

「ねえ、誰がこんなものを飾れと命じたのかしらぁ」

帝都郊外に邸宅を構える巴家で金切り声が響く。

「も、申し訳……ございません」

「申し訳ございません、じゃなくって。こんっな地味な花。まさか、華族であるこの巴家に似合うと思っているの？」

あれから孤独な時が経過し、咲良は十七歳になった。屋敷の廊下で仁王立ちしている長髪の女は、巴家の長女の千代《ちよ》だ。

千代は咲良の三つ年上であり、到底口答えなどできない存在。銀座《ぎんざ》のデパートメントにて購入したばかりだという洋装は、常に割烹着《かっぽうぎ》を身に着けている咲良とは雲泥の差がある。

千代は廊下に飾られているシロツメクサを一瞥《いちべつ》し、はあ、とため息を落とした。

「ただちに処分いたします。大変申し訳ございませんでした」

咲良はその場にひれ伏し、なんの矜持《きょうじ》もなく平謝りをした。

「あらぁ〜あらあらあらあらあら、お姉様！　なんですのなんですの、そのみすぼらしい花は……！」

「あらあら、ごきげんよう、喜代《きよ》さん。この下女が勝手に飾っていたのよ」

「なんとまあ！　いやぁ〜ねぇ〜、こんなもの、いったいどこで摘んできたのかしら、汚らしいわあ」

続いてやってきたのは、巴家の次女の喜代《きよ》だ。喜代は咲良のひとつ年上の十八歳。

きりっとした顔立ちの千代に対して、喜代は甘めな風貌を持つ。

姉の千代と同様に、真新しいワンピースをひらりとなびかせる。そして、床に手をついている咲良へと、まるでゲテモノでも見るかのような毒々しい目を向けた。

「でもまあ、お前にはお似合いかもしれないわね」

「そうねえ、お父様をたぶらかしたあの女の娘だものね。雇われている身でありながら、なんて浅ましいのかしら。ああ、汚い汚い……汚らしいこと」

咲良は少しも顔を上げることなく、ただぎゅっと唇を結んだ。

「お母様が不憫《ふびん》でならないわ」

「そうよそうよ。けれど、あの女はお前を残して早々に死んでいったわね。あれは滑稽だったわぁ〜、ねえ、そう思わない？　咲良……？」

――ぽたぽたぽた。

頭上から冷たい水がかけられる。シロツメクサの切り花が床に散らばった。

花瓶の中身を頭から被った咲良は、それでも面を上げなかった。

〝姉〟たちからの嫌がらせには慣れている。むしろ優しくされたことなど一度だってなかった。

咲良は、巴家の人間にひとつも祝福されることなくこの世に生を受けたのだ。

◇

巴家は、版籍奉還《はんせきほうかん》で領地を返上した見返りとして多額の秩禄公債《ちつろくこうさい》が与えられた、かつての旧大名家。

没落してゆく公家出身の華族とは異なり、巴家は現当主・藤三郎《とうざぶろう》を中心に悠々と生活を送っていた。

その矢先のこと、巴家の使用人として雇われていた咲良の母、百合子《ゆりこ》が、藤三郎の妾《めかけ》となった。

百合子は主からの誘いを断れず、要求のままに体を許すほかなかった。

華族の当主が使用人を手籠めにし、妾とするのはよくある話だ。

富や権力を持った男たちは、戯れとばかりに女をひっかける。とりわけ藤三郎は百合子の若々しさと可憐《かれん》な美貌に大層入れ込み、贔屓《ひいき》にしていた。

毎晩毎晩、藤三郎の私室に呼ばれるのは百合子だった。

雇われの身であった百合子に拒否権はない。呼ばれればそのままひと晩をともにせねばならない状況下ではあったが、本妻である美代《みよ》の矜持はこれを許さなかった。

雪がまだわずかに残る晩冬のこと。百合子は、とうとう巴家の当主・藤三郎との子を身ごもった。

藤三郎ははじめこそは百合子をかわいがっていたが、子を身ごもった事実を知るなり、その興味関心は消え失せる。

婚外子、私生児……。

世間の目が厳しく光るため、妊娠は公には隠されることになった。一般庶民である百合子は、華族である巴家の所有物だ。その扱いは玩具といっても過言ではなく、都合が悪くなると藤三郎にあっけなく切り捨てられた。

一方で、使用人の身分でありながら華族の当主との間に子をなすとは、と美代は日々憎悪を強くする。

本妻である美代はここぞとばかりに百合子を罵《ののし》った。食事もろくに与えず、体に負担のかかる過酷な労働を命じ、時に気に入らない場合には平手打ちをした。

「申し訳……ございません、申し訳、ございません、奥様」

「その子もろとも、のたれ死んでしまえばよいものを！　ああ忌々しい！　どうしてこのような売女を置いておくのかしら！」

百合子はそのたびに平謝りをし、許しを乞うた。

望まぬ形ではあったが、膨らんでゆく腹をさすると温かな情が湧いた。

つらく、日のささぬ毎日ではあったが、こうしているとこの世でひとりきりではないように、強くいられるように思えた。

どうしても、我が子をこの手で抱きたかったのだ。

百合子はその後、自力で咲良を産んだ。

百合子たち親子はついには屋根裏部屋へと追いやられ、そのまま生誕を誰にも祝福されることなく寒い夜を過ごした。

それからが地獄だった。美代の反対を押し切る形で、藤三郎は百合子たち親子を屋敷に置いておく決断をする。万が一私生児の存在が露見してしまった場合、取引先への印象が悪くなるためだ。

没落する華族が増えている昨今を鑑み、爵位を守るためにとった対応であったが、妻の美代にとっては不服極まりなかった。

「いったいどう責任をとってくれるの！　あの汚らしい私生児が、私のかわいいかわいい喜代をひっかいてケガをさせたなんて！」

そして咲良が四歳になった春。それが起こった。

巴家に金切り声が響き、体を突き飛ばす鈍い音がする。

「もっ、申し訳ございません……！」

百合子は顔を真っ青にして、すかさずその場で頭を下げる。

「これだから嫌なのよ、下民の子はろくに躾《しつけ》もなっていないのかしら」

「申し訳ございません」

「下民が華族に手をあげた。この意味がお分かり？　まさか、同等の立場にあるなどと思い上がっていないでしょうね？」

まさに天上天下の差だった。百合子をはじめとした巴家の者のほとんどは、華族以外の者を人として扱わない。時に、同じ空気を吸うことも拒むそぶりすら見せた。

それればかりでなく、都合が悪くなると私生児である咲良を隠れ蓑《みの》にした。千代や喜代が悪事を働いた時には、巴家の血筋を半分ひく咲良にその罪を擦《なす》りつけた。

たとえば、咲良が三歳の頃、華族の子女たちの会合で千代と喜代が粗相を起こした。名家の令嬢が気に入っていたぬいぐるみを引き抜いてしまったのだ。誰の仕業かと大人たちに問い詰められ、千代と喜代は咲良に濡《ぬ》れ衣《ぎぬ》を着せた。そして咲良は大人たちに叱責され、正妻の美代からもきつい折檻《せっかん》を受けた。

また、巴家ではよく客を招いてパーティーが開催された。礼儀作法はもちろんナイフとフォークの持ち方も知らない咲良を、千代と喜代は嫌がらせのごとく客間へと引きずり出した。『下品な鼠《ねずみ》だ』と罵られ、皆から笑われた。

それに耐え切れなくなった咲良は、喜代の頬をひっかいてしまったのだ。

どうして自分ばかりが。なにも悪いことをしていないのに。なぜ、母親は反発せずにただ謝るだけなのか。加えて、事あるごとに『死んで詫《わ》びろ』と捲《まく》し立てられる。

咲良の記憶の中にある百合子は、いつも泣きながら平謝りをしていた。

「おかあさん……眠れないよ」

「こっちへいらっしゃい」

「うん……」

夜になり、咲良と百合子にあてがわれた屋根裏部屋で咲良はぎゅっと抱きついた。

幼い咲良には、自分がなぜこのように疎まれなければならないのか、理解ができていなかった。ひっかいてしまったのはたった一度だけ。なのに、なぜあれほど叱責されねばならなかったのか。

百合子だけは怒らずに優しく許してくれ、咲良は安堵した。

寒い夜に身を寄せ合う。そして、咲良が寝つくまでに聴かせてくれる百合子の子守唄が咲良は特段好きだった。

「ねむれぬこよ、ねんねんころり」

百合子が口ずさむと、とたんに眠気が押し寄せてくる。

「おはなのかおりで、ねんねんこ」

腹違いの姉たちにいじめられた日であっても、その唄を聴けば心安らかになった。

いつまでも母とともにありたい――そう思って眠りについた翌日。

百合子は咲良の目の前で、首を吊《つ》って死んでいた。

【死んでお詫びいたします】

足もとに置いてあった遺書には、たったひと言、そう書かれていた。

二

「……っ!!」

目覚めると咲良は屋根裏部屋の布団の中にいた。

(また昔の夢……)

窓の外から小鳥のさえずりが聞こえる。汗ばんだ肌が気持ち悪い。

天井の梁《はり》にぶら下がる母親。足場にしていたらしい椅子が床に倒れて転がっている光景。軋《きし》む縄の音が今も鮮明に耳に残っている。

咲良はここのところ、よく幼い頃の夢を見る。それに加えて体調も思わしくない。

つい先日は庭掃除をしている最中に眩暈《めまい》を催し、倒れ込んでしまった。少し休んでから掃除を再開しようと座り込んでいたら、千代と喜代に目撃されてしまい厳しく叱られたのだった。

（風邪はひいていないはずなのに）

体のだるさはあるものの、咳《せき》や鼻水などの諸症状はない。発熱もしていない。こんな状態がもう半年も続いている。

得体の知れないものがじわじわと侵食していく感覚。

（休んではいられない……働かなきゃ……）

咲良は重い腰を上げて、割烹着を身に着けた。

「お姉様お姉様、こちらなんていかがかしら。お花のブローチがかわいらしくて、きっとお似合いよ」

「もお～、どれも素敵で迷ってしまうわ。だって、ダンスホール・カナリアの支配人からまさか夜会の招待状が届くなんて、夢にも思わないじゃない！」

その日の巴家はいつになく騒がしかった。咲良が屋敷の床掃除をしていると、姉たちの高らかな笑い声が聞こえてくる。

先日、巴家に一通の招待状が届いた。送り主は、帝都随一のダンスホール・カナリアの支配人だった。

カナリアは華族をはじめとする上流階級の社交場であり、財政界の要人たちも頻繁に使用している。また、特別な接待を受けられる貴賓室も設けられていて、不夜城としても有名であった。

尋常小学校に通わせてもらえなかった咲良は、外の世界をまるで知らなかった。今となっては、興味をいだく気力もない。

母親が死んで十三年が経った。なんの後ろ盾もないままに十七になり、これ以上ともに仕事ができないようだと、いっそどこかへ売り飛ばされてしまうやもしれない。

咲良は日々をどうにかして生きぬくことで精いっぱいだった。

「どうしましょう。うんとかわいくしていかないといけないわね」

「あーん、待ちきれない！　素敵な殿方とお知り合いになって、お母様を喜ばせてさしあげないと！」

咲良はダンスホール・カナリアで誰がどのような行為をするのかも知らなかったが、姉たちの興奮気味な会話から、ある程度の情報は頭の中に入ってくる。とはいえ、そのどれもが自分には関わりのない内容だ。聞き耳を立てるつもりもなく、床掃除に集中した。

「このドレスはどうかしら」

「それは少し古臭くはないかしら？　せっかくの夜会ですもの。もっと大胆にならないと」

「それもそうねえ、いつまでも時代遅れな恰好《かっこう》をしていては、きっと笑われてしまうもの」

千代は口もとに手を添え、床掃除をしている咲良へと視線を向ける。

「ああ……それにしても、うちの下女は時代遅れも甚だしいこと……なんてみすぼらしいの」

「いつまでも割烹着を着ているような溝鼠《どぶねずみ》と半分血を分けているだなんて……お前は一族の恥さらしだわ」

廊下の木目を拭いていると、いきなりドン！と千代に蹴り飛ばされた。バケツが倒れ、中に入っていた水が辺り一面に広がる。

「あらあ、どんくさいこと」

千代はなおもクスクスと笑うと、喜代と目を合わせる。

咲良はその場に尻もちをついたが、すかさず姿勢を正して平謝りをした。

「申し訳ございません……」

「いい？　この招待状は、私たち姉妹に宛てられたの。〝巴家のお嬢様方〟の中に、お前は入っていないのよ」

「……仰る通りで、ございます」

感情のない声で咲良が肯定すると、喜代が鼻で笑った。

「でも実のところはどうかしら。あの汚らしい使用人の娘だものね。思い上がっているかもしれないわよ、お姉様」

どんなに暴言を吐かれても、咲良はただ床に額をこすりつける。いつからか痛みや悲しみ、憤りを感じなくなった。期待を抱かなくなった。

母親が首を吊って死んでいる光景を目の当たりにした際、咲良は大きな喪失感にさいなまれた。唯一優しかったはずの母親に、己の生を否定されたようだったからだ。抱く感情は〝無〟。ただ日々を生き、殴られても、蹴り飛ばされても、もうなにも感じなくなった。

「そうねえ……ああ、妙案を思いついたわ」

千代はゆるりとほくそ笑み、濡れた床の上で土下座をする咲良を見下ろした。

「特別に、お前をカナリアの夜会へ連れていってあげましょう」

「お姉様？」

「もちろん、巴家の令嬢としてではなく、私たちの下女として連れていくのよ？　そう、あくまでも私たちの引き立て役としてね」

喜代は最初ばかりは覚束ない表情を浮かべていたが、やがて千代の意図を読み取れたのか、ゆるりと口角を上げた。

「あらあら……あらあらあら！　なーんて慈悲深いお姉様なの、感動のあまりに涙が出てきてしまいますわ」

「…………」

咲良は深々と頭を下げたまま微動だにしない。喜代は小馬鹿にするように笑うと、衣装簞笥《だんす》に並んでいるブローチを手に取って眺めている。

「どうせよそ行きのドレスの一着も持っていないのでしょう？　きっと皆様の笑いものになってしまうだろうけれど、お前のような溝鼠には一生かかっても寄りつけない場所。お優しいお姉様がいらっしゃって……よかったわねえ？」

咲良は押し黙ったまま、床の木目を見つめた。

姉たちが『行くな』と命じればその通りにせねばならないし、反対に『行け』と言うのなら、断る選択肢はないのだ。

「派手な催し物には余興が必要だもの。せいぜい芸のひとつでも磨いておくことね」

「まっ、華族の中に一般庶民の溝鼠が馴染《なじ》めるはずがないでしょうけれど」

高らかな笑い声を屋敷中に響かせ、千代と喜代はこの場を去った。

咲良は無言で床掃除を再開する。濡れてしまった床は、念入りに磨かねば後でとんでもない仕打ちを受けることになる。

咲良が雑巾を絞ると、濁った水がバケツの中に溜《た》まってゆく。

どれほど罵倒《ばとう》されようと、蔑まれようと、咲良はここで生きるしかないのだ。

夜会が開催される日。咲良は美代と喜代に連れられて、ダンスホール・カナリアにやってきた。

帝都は陽が沈んでもなお、眩しいほどに明るかった。

往来する自動車はどれも外国産。この日のために特別に仕立てたドレスや燕尾服《えんびふく》は、見栄や欲望が絡み合う異様な光沢を見せる。

一般庶民には決して手の届かぬ天上の世界がそこにはあった。

咲良は豪勢な造りをした建物をぼうっと見上げた。幼い頃は立派なお城や綺麗な装飾品に憧れたものだが、今となってはなにも思わない。煌《きら》びやかなダンスホールが、咲良の前では灰色に見えた。

「ご覧なさい……あれ」

「まあ……よくもあのような粗末な恰好で来れたわね。どこの娘かしら」

咲良がロビーを歩いていると、貴婦人たちのクスクスと笑う声が聞こえる。

長い間下働きをしている咲良は、よそ行きのドレスなど持っていない。だから一着だけ所持していた着物を着るしかなかった。

淡い桜色の木綿着物。これは咲良が四歳になった誕生日に、母親が贈ってくれたもの。いつか咲良が大人になった時に着てほしい、と生前に仕立ててくれたのだ。

丁寧に仕立てられた生地を触り、咲良はふと自分があとひと月も経たずに十八歳になることを思い出した。

「なんだか品性に欠けるわねえ。あんな庶民のような子と同じ空気を吸いたくはないのだけど」

「おそらくは華族のお嬢さんではないでしょう。さしずめ、興を添えるために連れてきた下女というところですかな」

「それもそうね、芸のひとつでも見せてもらいたいものだわ」

華族からの咲良への目は凍てつく氷のようだった。咲良を連れてきた当の千代と喜代は擁護する姿勢すらない。それればかりか、一緒になって咲良をあざ笑った。咲良をさらなる闇の底に陥れるための嫌がらせ行為だ。

ダンスホールではさまざまな思惑がひしめき合う。優雅な楽器演奏に身をゆだね、舶来の酒が酌み交わされる。出てくる話題といえば金や名誉のことばかりであり、互いに周囲からの見られ方ばかりを気にして本音はひとつも聞こえない。

貴賓室に消えてゆく婚姻関係にない男女。秘密の逢瀬《おうせ》を見て見ぬふりをする者たち。咲良は会場の隅に突っ立って、なにをするでもなく俯いた。そんな咲良に指をさし、貴婦人たちは笑った。

「芸を見せろ」と捲し立てられ、「申し訳ございません。そのようなものは持ち合わせておりません」と黙り込むと、髪を乱暴に引っ張られた。わざと足を踏む者もあった。

「少しは動じたらどうなの。叩《たた》いても蹴っても傀儡《くぐつ》のよう」

「……本当に気味が悪い」

「まるで死人みたいね。ああ、怖い怖い」

咲良はそれらの言葉にどのように受け答えをしたらよいか、分からなかった。

相手が機嫌を損ねたら、謝罪をするしかない。母親もずっとそのようにしていた。

そうでなければ巴家から追い出され、咲良は路頭に迷うことになる。痛みや恐怖は、いっそ忘れたほうが楽だった。

「あらあ……北小路《きたこうじ》様。ごきげんよう〜」

いびつな笑い声が響くメインホールで、千代はひとりの紳士に声をかける。千代よりも十は年上だろう品格のある男だ。

皺《しわ》ひとつない燕尾服。綺麗に磨かれている革靴は、咲良が一生をかけて働いても買えないだろう。

「これはこれは巴家の御令嬢方。今夜もとても見目麗しいですね」

「嫌だわあ、北小路様ったらぁ！　お上手なんだから、ねえ喜代さん」

「はいお姉様〜！　けれど申し訳ございません。手違いでうちの下女がついてきてしまって……このような社交の場で、さぞお見苦しいでしょう？」

千代と喜代はわざと咲良の前で紳士と戯れる。北大路と呼ばれた紳士は、咲良を一瞥すると眉をわずかに上げて、ぎこちない表情を浮かべた。

「ああ、なぜここに家畜がまぎれているのかと思っていたよ。見るに堪《た》えないからどうにかしてくれたまえ」

「躾がなっておらず、本当に申し訳ございませんわぁ～」

「それになんだね、その品のない服装は。ドレスの一着も持ち合わせていないのか」

北大路はまるでゲテモノを見るようだった。小さく舌打ちをして、不快な心情を露にする。

「そうよそうよ。華族でもないあなたが、どうしてここにいるのかしらねぇ～？　身の程知らずも大概にしてくれない？」

「このような溝鼠、今に追い出しますわ」

「出ていきなさい。目障りよ」

千代と喜代は無情な言葉を吐き捨てる。取りつく島もなく、咲良はダンスホールを追われた。

姉たちの発言の矛盾点をつく考えは咲良にはなかった。主が『出ていけ』と言うのなら、そうする以外の道はない。咲良は重厚な扉を押して、受付ホールに出る。背後からは、千代と喜代の高らかな笑い声が聞こえてきた。

ダンスホールを抜け出してから、咲良にはむしろ肩の荷がすっと軽くなった感覚があった。

ねっとりとした欲望渦巻く空気や、きらびやかに飾り立てられた華族の世界は、咲良にとっては窮屈に思えた。

そればかりではない。巴家の邸宅にだって、このカナリアと同じように咲良の居場所はない。

なんとなく人気《ひとけ》のない庭園に足を運ぶと、咲良はやっと息が吸えた心地がした。そこにあるのは、草木の緑の匂いと、静かな水のせせらぎだけ。

小さな池のそばには、一本の枝垂れ桜が生えていた。

「……綺麗だわ」

上流階級が集う社交場とは正反対の静寂。桃色の花びらがひらり、ひらり、と風にのって舞っている。

咲良はそれをしばし見つめると、幼い頃に母親が歌ってくれた唄を思い起こした。

「ねむれぬこよ、ねんねんころり」

今は亡き母親の面影が浮かぶ。

「おはなのかおりで……ねんねんこ……」

唄を口ずさんでいたら、いつのまにか頬にひと筋の涙が伝っていた。しばらく自分が泣いていることに気づかなかった。

「……っ」

　メインホールを離れて緊張が一気に和らいだからかもしれない。

（侮蔑の目なんて慣れているはずなのに、今さらどうして）

　姉や他の華族たちから向けられる冷笑。まるで人間とも思わないような視線を思い出して、チクチクと胸が痛んだ。

　分かっていたはずだ。咲良に優しい言葉をかけてくれる者など、どこにもいないと。それを望めるような身の上でもないということも。

（お母様……どうして私を、置いていってしまったの）

　どこにも居場所がない。ひとりぼっちだ。本当はつらくて、悲しい。

　ぽたぽたと涙を落としながら、唄を口にしたその時だった。

「そこに誰かいるのか」

　枝垂れ桜の幹のそばで立ち尽くしていると、どこからか男の声が聞こえてきた。

　咲良はハッと肩を震わせ、とっさに目もとを拭って振り返る。そこに誰かがいるようだが辺りが暗く、相手の顔がよく分からない。

「泣いて……いるのか？」

「こ、これは……その、申し訳ございませんっ」

敷地の外れであれ、ここは華族が集う社交場だ。ただでさえこの場にふさわしくない人間であるというのに、人目を忍んで唄を歌ったばかりか、涙顔までさらしてしまった。姉たちの耳に伝われば、下品極まりない、ときつい仕置きを受けるだろう。

咲良は俯いたままこの場を去ろうと身を翻す。

（いち早く去らねば。きっと、見苦しいと思われたはず）

母親が仕立てた桜柄の着物の袖が、ひらりとなびいた。

「今、去りますので――」

「待て」

だが、呼び止められて、咲良はためらいつつも後ろを向いた。

夜風にのって、ひらひらと桜が舞う。やがて、月明かりに照らされた男の輪郭が浮かび上がった。

年齢は二十代半ばくらいだろうか。ハッと息をのむほどの美しさだった。

凍てつく氷のような右の瞳に、薄い唇。紺桔梗のしなやかな髪がさらさらと揺れると、左目までかかる前髪の隙間から右眼とは異なる桜色の瞳が見えたような気がした。

（綺麗……）

つい呆然《ぼうぜん》と見入ってしまう。だが、己のような平民があまり見つめてしまっては不躾だ。相手は、大正の男を象徴する軍服を身にまとっている。

軍服には、帝国陸軍を示す肩章、そして襟章には階級を示す刺繍《ししゅう》がほどこされていた。

咲良は男のまとう雰囲気だけで、やんごとない身分なのだと理解する。

「戻ったところで、あの場所は不快な気持ちを煽《あお》られるだけだろう。かまわないから、しばしここにいるといい。それより、貴女に憑《つ》いているものは……」

なにかを言いかけた男は、咲良の周囲を怪訝《けげん》そうに見つめている。

やはり、咲良のような平民と言葉を交わすのは不快なのかもしれない。

「……っ」

咲良はびくりと肩を震わせた。

「いや、なんでもない。ここには私以外は誰もいないし、愚痴のひとつくらい吐き出していったらどうだ」

叱責される覚悟をしていたが、男は咲良がこの場にいることを許してくれた。そればかりか見苦しい弱音も容認してくれるというのか。

だが、崇高な軍人相手に無礼な行為だ。許されるわけがない。そう理解しているのに、咲良はこの男のまとう雰囲気に引き寄せられてしまった。

「私は、この世の誰からも必要とされていないのです」

咲良はためらいがちに唇を開いた。男はなにも言わず、咲良を見つめる。

「皆様のように、ドレスすら……持っておりません。華族の方々が集う夜会には、場違いです」

咲良は胸の前でぎゅっと手を合わせた。気を抜くと涙が再びあふれてしまいそうだった。

「笑いものになっても、ののしられても、受け入れるしかありません。私は、これからもずっとそうして生きるしかないのです」

名前も知らない軍人相手に思いの丈を口にする。同情してもらいたいわけではない。ただ、聞いてくれるだけで落ち着ける気がした。

「でも……それはいつまでなのだろうと思ってしまって、息が苦しいのです」

「………」

男は無言のまま、すっと目を細めた。

「私とあの方々では、なにが違うのですか。私は、どうして不必要な子だったのでしょうか。どうして、お母様だけでもおそばにいてはくれな――」

勢いのままに吐露したのちに、ハッとする。

「お見苦しいところを……誠に申し訳ございませんでした」

顔を真っ青にして頭を下げる。だが、男はそれを制した。

「つらい状況を耐えてきたんだな」

「……え」

「俯くことはない。貴女は、あれらとなにも違わない。もちろん、この私ともだ」

男は夜風に揺れる枝垂れ桜を見上げた。

「驕《おご》りと欲にまみれた華族には、ろくな人間はいない」

「…………」

咲良には男の言葉がよく理解できなかった。自分と華族では身分がまるで異なる。だから今の境遇を受け入れるしかないというのに、この男は煩わしそうに非難を述べた。

「ここで聞くのは、薄汚れた人間の笑い声ばかり。耳が腐るというものだ。まったくもってくだらないと思う」

男は自嘲し、咲良へと横目を向ける。

排斥されるものだと思っていたのに、軍人の身分である男が咲良の存在を否定しない。驚きと戸惑い、そして温かいものを胸の中に感じる。

「だが、貴女が先ほど歌っていたあの唄は」

「唄……でしょうか？」

「ああ。あれはとても心地のよい、綺麗な唄だった」

抑揚のない淡々とした声色。威張らず、謙虚で、それでいて高潔な様。言葉を誇張することもない。

一見すると冷たいようだが、千代や喜代のそれとは似ても似つかない。これまで接してきたどの華族とも相容れぬ雰囲気がその男にはあった。

「よければ、続きを聴かせてほしい」

「わ、私などが軍人様になど……不躾でございましょう」

もしくは芸の一種だとして遊ばれているやもしれない、と考えた。

それでも男は小馬鹿にする表情を見せず、咲良は困惑する。

(なぜ、お笑いにならないの)

「聞き入れてはくれないか?」

「いいえ、ただ、本当に粗末なものなのです」

「……そうか」

自分がいるべき場所ではない。この場にふさわしい衣類の準備もできない。母親が仕立てた着物は、社交場ではまるで浮いていた。

己のような低俗な人間が、立派に勤めを果たす軍人のそばにいてはならない。

枝垂れ桜に惹《ひ》かれて居座ってしまったが、罰当たりな行為だった。身を翻すと、再び声をかけられる。

「この桜の木を見ていたのか?」

肩をすくませて隣を見れば、男の精悍《せいかん》な横顔がある。

屋敷では好意的に咲良に話しかけてくる者などいない。話すとしても、浴びせられるのは罵詈雑言のみだ。ゆえに咲良は戸惑いを隠さなかった。

「貴女はこの木を、どう思う」

さらり、と風にのって男の糸のような髪が揺れる。

突然の問いかけに咲良は答えるべきか迷ってしまった。

（なぜ、この方は私などにそのような質問をなさるのだろう）

ぎゅっと胸もとに手を添えて、咲良は釣られるように桜の木を見上げた。

桜は、一度花開くと一週間も経たずに散ってしまう。一族の栄華を求め続ける華族の者たちは、この刹那的な花になど興味を示さないのかもしれない。だが。

「桜は、この日の本を象徴する花。とても立派で……綺麗だと、思います」

咲良の口からは、ごく自然な言葉が吐き出された。

だが一拍おいて、身の程知らずな発言をしてしまったと我に返る。己のような者が意見を述べるなどおこがましい。

はっとするが、男はとがめるでもなく激昂《げっこう》するでもなく、ただ静かにこちらを見つめている。

「あっ、あの、大変申し訳ございませんでした……」

「いや」

「し、失礼いたします」

「──待て」

ふわり、桜の花びらをのせた夜風が吹き抜けてゆく。

「私は小鳥遊《たかなし》千桜《ちはる》と申すのだが……」

咲良はふと足を止めた。

「貴女の名を教えてくれないか」

ひらりひらり、桜の花びらが舞い降りる。水面に静かに落ちると、わずかに波紋が広がった。

「私の……でしょうか」

「そうだ、貴女の名だ」

咲良は困惑した。なぜ、自分が殿方──しかも軍人に名前を聞かれているのか。

それ以上に、〝巴〟の姓を口にすることはためらわれた。

当主である藤三郎と、巴家の使用人の間に産み落とされた。それは巴家の極秘情報であり、一族の評判を落とさぬために隠し通さねばならないこと。

咲良がこの社交場に身をおいているのも、自分が巴家の令嬢として招待されたためではないのだ。

再び振り返ると、やはり氷のように冷たい瞳がある。

咲良を陥れるためとも思えない態度を前にして、言葉につまった。

「私……は」

言ってはいけない。己は巴一族の恥さらし。母親が死んで詫びるほどに、罪深い存在だ。

なにも望めないし、望まない。打たれても、蹴られても、冷や水を頭からかけられても、なにも望むべきではない。明日を生きるために、咲良は心を捨てたのだ。

「なりません……申し訳、ございません」

「待ってくれ」

咲良は踵《きびす》を返し、今度こそ立ち去った。

＊

千桜は後ろ髪を引かれるようにして、その背中を視線で追った。

傷ひとつない黒髪。吸い込まれそうな無垢《むく》な瞳。透き通るほどに白い肌。

特別着飾っている令嬢ではなかった。いや、むしろ令嬢だとは思えないほどに素朴だった。

まるで、この朧月夜のようだ。

カナリアという悪趣味な名前がついたこのダンスホールには馴染まない。本音をひた隠しにして、富や名声のために媚びへつらってくる女たちとはまとう雰囲気が違う。

他人に気遣いをするなど、己の性分には合わない。だが、彼女が泣いていたのがどうにも気になった。それに……。

（なぜ、あれほどまでに強い呪詛が、彼女に？）

千桜の眼には〝よくないもの〟が見えた。異質な黒い物体が、咲良の周囲を漂っていたのだ。あれは、彼女の命を確実に蝕んでいた。

（それに、先ほどの唄はどこかで聴いたことが……）

不思議と耳に残る柔らかい旋律。凍てついた心を溶かすような声。

この桜の木を綺麗だと言った、切なげな横顔。消えゆきそうな命の灯。

しばらくその場に立ち尽くしていると、地面にきらりと光るものがある。先ほどの令嬢が立ち去った拍子に落ちたのであろう、小ぶりな簪《かんざし》だった。

千桜は簪を手に取ると、静かに懐に差し入れた。

「橘《たちばな》」

「はっ」

呼びつけると、木々の陰から壮年の男が姿を現す。

白髪交じりの髪。知的な印象を抱かせる丸眼鏡。千桜にとってもっとも信頼のおける男が橘である。

「先ほどの令嬢について、ひとつ調べを入れてほしい」

そばに控えていた家令に淡泊に命じる。

「……かしこまりました。千桜お坊ちゃま」

枝垂れ桜の下でなびく糸のような髪が、千桜の脳裏から離れなかった。

三

ダンスホール・カナリアで夜会が開催されて一週間が経った。

屋根裏部屋で身支度を整えていると、母親の形見の簪がないことに気づく。

(……ない)

(ダンスホールで失くしてしまったのかしら……)

箪笥の中を何度調べてみても、着物の袖の中を確認しても見つからない。あれは、数少ない母親の遺品だった。着物と簪以外はすべて燃やされてしまった。だから、大事にしようと思っていたのに。

『この簪はね、桜の枝でできているの』

『さくらの、え……？』

『そうよ、尊き龍が愛した花。あなたの名前と同じ花よ』

いつだったか。母親が生きていた頃にそんな話を聞いたような覚えがある。たとえ産んだことを後悔していたのだとしても、咲良にとっては大切な思い出だった。

（どう……しよう）

胸が凍りつく心地がして、ぎゅっと唇を結ぶ。

もしかすると屋敷のどこかに落ちているかもしれない。探しに行きたいが、今日も屋敷中の掃除と義母たちの食事の支度をしなくてはならない。

「うっ……」

一歩踏み出した拍子に、強烈な眩暈を催した。日に日に体調は悪化するばかりだ。思うように働けないのでは、いよいよ巴家に見限られてしまう。悲しみに暮れている余裕などない。

咲良は泣きそうになるところをぐっとこらえる。ぐらつく体をなんとか支え、簪のことはもう忘れようと心に決める。

咲良は割烹着に袖を通し、部屋を後にした。

＊

「お母様お母様ぁ～、こちらのお洋服とこちらのお洋服、どちらのほうがよいかしら～」

咲良が広間の床掃除に専念していると、耳にこびりつくような千代の声が響く。

姉ふたりと美代が、山のように洋服を広げていた。

「あらあら千代さん、こちらの色味は少し地味ではないかしら。せっかくの北大路様からのお誘いでしょう？　私たちは華族なんだもの、低俗な趣向があると思われないように、こちらのお洋服にすべきね」

美代はそう言って、千代が持っていた白地のワンピースを床に放り投げた。

「友人からの贈り物だったから捨てずに持っていたのだけど……やっぱり地味よねぇ」

「そうよ千代さん。巴家の女としてどんな時でも高貴でいなくてはいけないわ。貴族院議員をされているあの北大路様だもの……きちんとお心を掴《つか》むのよ」

没落してゆく華族が多くある昨今、政略的な結婚は主流であった。自由恋愛などもってのほかであり、華族の令嬢には、よい嫁ぎ先に巡り合い、子を産む使命があった。

咲良は通わせてもらえなかったが、高等女学校では立派な主婦となれるような教育が施される。茶道、生け花、琴、長唄といった稽古事を身に着け、嫁ぎ先に恥じぬあり方を求められた。

美代は、娘である千代と喜代に期待を抱いていた。娘を良家に嫁がせることは己の名誉であったのだ。

「はいお母様。北大路様に気に入ってもらえるように、精一杯努めます」

「ええ、ええ。喜代さんにもよい縁談をいただいているし、まるで自分のことのように嬉《うれ》しいわぁ」

「巴家の名に恥じない花嫁になってみせるわ。ねえ、お姉様？」

千代と喜代は口もとに手を添えて、優雅に微笑み合った。その一方で、美代は黙々と床掃除をしている咲良に冷たい視線を向けた。

「さあ、お前についてはどうしようかしらねえ」

美代は咲良を蔑み、大きくため息をついてから言葉を続ける。

「出生を隠匿されているお前に縁談が舞い込むはずもないでしょうし、屋敷にいつまでも置いておくのは目障りだから、いっそ女郎屋にでも売り飛ばすべきかしら」

咲良ははたり、と手を止める。

「ここにいてもなんの役にも立たないのだし、むしろ、多少の金銭に替えられたほうが、今まで面倒をみてやった巴家への恩返しだとは思わない？」

千代は口もとを押さえてクスクスと笑っている。

女郎屋がどのような場所であるのかを咲良は知らないわけではなかった。生きるためにはすがるしかない。感情など消して、傀儡のように生きる以外の道はない。

咲良は手足を震わせながら、静かに頭を下げた。

「申し訳……ございません。申し訳――」

「私がどれほどの屈辱を感じていたか、お前には分からないでしょうね。よくもまあ、あの溝鼠の娘をここまで置いてやったと自分を褒めたいところよ」

美代の冷たい罵声が頭上から降ってくる。

「申し訳っ……ございません」

咲良が再度口を開くと、美代は不愉快そうに舌打ちをする。

「不義の子が！　気持ち悪いのよ！　お前の母親は死んで詫びた。お前を産んだことは間違いだったって。だったらいいじゃない。どこぞの女郎屋で野垂れ死んだって、誰も文句は言わないわ」

「申し訳ございません……！」

なんでもする。なんでもするから、どうにかここに置いてほしい。そう縋《すが》りつくべきなのに、最近はまともに食事をとっていないためか、どうにも体に力が入らない。

美代は激しく罵倒すると、咲良の目の前まで歩み寄り、髪の毛を強く引っ張り上げた。

「この顔……ますますあの女に似てきて。腹立たしい」

「うっ……」

「カナリアでの夜会で千代さんと喜代さんに〝遊んでもらって〟分かったでしょう？お前と私たち華族は住む世界が違うの。よい縁談だって、すべて私の娘たちのもの。だから、お前はここにいてはいけない存在なのよ……？」

美代は眉をぐにゃりと歪ませて、咲良へ酷薄に告げる。

悲しみや痛みといった感覚は、とうの昔に忘れた。残っているのは空虚な心のみ。母親に見限られ、血のつながった父親にも相手にしてもらえず、美代や姉たちに罵られてきた。時に泥水をすることも厭《いと》わず、地べたを這《は》いずった。そのように生きるしかなかったのだ。

不意に咲良の足もとが揺らぐ。その下には底なしの闇が広がっていた。肩の力が抜け落ち、すがりつく気力がなくなった。

（……少し、疲れてしまった）

己自身をあざ笑うこともできない。目の前が真っ暗になる。咲良のやせ細った体は、そのまま乱暴に床に放り出された。

「さあ、さっさと売り飛ばす手続きをとってしまいましょう。千代さん、くれぐれも北大路様に失礼のないようにね」

「はぁい、お母様〜」

美代が上機嫌に踵を返したその時だった。

「失礼いたします。奥様、お客様がお見えです」

巴家の家令が恭しく声をかけてくる。

「お客様？　そのようなお約束あったかしら」

「いいえ、それがお約束はされていらっしゃらないようでして」

家令が言いにくそうに声をすぼめると、美代は苛立ちを露わにした。

「なんて非常識なの。で？　いったいどなた？　場合によってはお引き取りいただいてちょうだい」

美代が強く命じるが、家令は狼狽《ろうばい》した様子を見せ、食い下がった。

「そ、それが……」

ごくりと生唾を飲む家令。

「それが？」

訝しげに首をかしげる美代。できることなら、非常識な客人の相手などせず、一刻も早く咲良を女郎屋に売り飛ばす手続きを進めたかったようだ。

「お見えになっているのは、帝国陸軍少佐の小鳥遊千桜様なのです」

「なっ……なんですって……!?」

美代だけでなく、この場にいる千代と喜代も愕然《がくぜん》とする。

(小鳥遊……?)

聞き覚えがあるような気がしたが、咲良には縁遠い内容だろう。美代たちは咲良のことは後回しだとばかりに食いついた。

「〝小鳥遊家〟のご当主が、どうして!」

目を丸くしている千代は、同様に興奮している喜代と目を合わせる。

「千桜様といえば、先の大戦でも我が国を勝利に導いた軍神なんだって、お父様が言っていらしたわ!」

「左の眼には『龍』のごとき千里眼を宿していらっしゃるんでしょう? あの麗しい見目に加えて、戦場でも敵なしだなんて……ああ、もう本当に素敵!」

喜代は両手を胸の前で合わせると、うっとりする表情を浮かべる。

この国にとって、龍は特別だ。この世のどこかに存在して、人間を護ってくれていると伝えられている。

お伽話《とぎばなし》のような内容を信じている者もいれば、そうではない者もいる。時代の変遷により今では大昔ほどの信仰はないものの、皆の心の片隅にいつも存在している神様だ。

咲良は幼い頃に母親から寝物語として少し聞いていたくらいだった。

「お年はまだ二十六歳でいらっしゃるのでしょう？　あの若さでお父上から家督を継がれているようなご立派な方が、うちにどのようなご用向きかしら」

「気軽に他人を寄せつけない高潔さ……そして、麗しいお顔立ち。令嬢方の間でも、貴公子のようだと日々持ちきりよ。だけど、これまでどの縁談も断っていらっしゃるみたい」

美代が首をかしげる一方で、千代にも心当たりがないようだ。

「そうよね、お姉様。社交場も好んでいらっしゃらないみたいで、滅多に姿をお見かけしないのよね。なんでも、自分に媚びてくる人間を毛嫌いしているとかで」

思いがけない人物の来訪に、美代と姉たちはああでもないこうでもないと言い合っている。

その中でただ咲良だけは、呆然と遠くを見つめていた。

「ただいま旦那様が応対されております。ですが、奥様もいらしてほしいと」

「わ、分かったわ」

美代は鏡の前に立ち、念入りに髪を整える。千代と喜代もそわそわと部屋の中を歩き回り、落ち着かない様子だった。

「藤三郎さんにご用かしら……いや、でも、うちと小鳥遊家に関わりはないでしょうし」

ハッと顔を上げて、美代は娘の千代を見つめる。

「千代さん、小鳥遊様はもしかして先日の舞踏会にいらっしゃったのではないかしら」

先ほどまで北大路との逢瀬の話に花を咲かせていたはずの千代は、思い当たることがあるように頬を染めた。

「いっ、いらっしゃったわ……！　ご婦人方の間で話題になっていたもの！　社交場を好まない小鳥遊様のお姿があると！」

「であれば、そうよ！　き、きっと千代か喜代のどちらかを見初められたのではないかしら！」

文句ひとつない家柄であることに加え、才色兼備の紳士の来訪に、まるで運命を感じるがごとく美代と千代は湧き立ち、耳をつんざく金切り声が屋敷内に響き渡る。

「そっ……そうなのかしら！　どうしましょう！　どうしましょう！　私ったら、なんの心の準備もしていないわ！」

そうと決まっては丁重にもてなさなければならないと、美代はふたりに身支度を整えるように命じた。

「ああ～ん、こんなこと、聞いていないわよ！　舶来物の香水を買っておくべきだったわ！」

「まるでロマンス小説のよう！　こんなことってあるのね、お姉様！」

千代は頬を両手で覆って恍惚《こうこつ》とする。喜代もまんざらでもなく浮かれていた。

きゃっきゃと騒ぎ立てる姉たちの声は、咲良の鼓膜を大きく揺さぶる。

体調がよくないせいか、気持ちが悪くなって視界が黒くかすんだ。ここのところ昔の夢を見て、よく眠れていない。

（床掃除が途中だったわ……）

咲良はむくりと立ち上がり、盛り上がっている広間を後にする。

バケツを持ち、冷たい水の中に手を突っ込む。せめて、己の役割を全うしなくては。そうしなければ、この家を追われてしまうのだ。

（役に立たなきゃ……もっと頑張らなくちゃ）

咲良はほぼ無意識に応接室の前までやってきた。割烹着の袖をまくり、雑巾で念入りに床磨きをする。

ほどなくしてバタバタと足音を立て、美代、千代、喜代がやってきた。

開いたままの応接室の扉。ぼんやりと眺める咲良にとって、その先は縁遠い世界だった。

「小鳥遊様、ごきげん麗しゅう～。お待たせしてしまい大変申し訳ございません！　今、うちの娘たちをお連れいたしましたので」

巴家当主・藤三郎の正面には、品格のある男が座していた。

後ろでひとつに結えてある細い髪。左目にかかっている前髪。すらりと通った鼻。薄い唇。氷のように冷たい瞳が美代たち三人に向けられる。

「おかしいな」

「……へ？」

「令嬢ならば、もうひとりいるはずだろう」

男はすぐに興味をなくしたように一蹴する。

美代は言葉の意味が理解できず、眉をわずかに上げた。

「あの、巴家の娘は、確かに千代と喜代で……」

千代と喜代もお互いに顔を見合わせて、狼狽する。ただひとり、当主の藤三郎は観念したとばかりの態度をとっていた。

「いるはずだ。藤三郎氏の血を引いた、咲良という名の娘が」

咲良は予期せずに己の名前が呼ばれて、ハッと顔を上げた。

（どうして、私の名を。それにあの方は……）

雑巾をバケツの中に戻し、応接室へと意識を傾ける。

当主である藤三郎の正面に腰を下ろしている男が、ダンスホール・カナリアの庭園で見かけた人物であることに驚く。

冷然とした態度からは、咲良があの夜、名乗らずに去ったことに立腹しているようには推察できない。では、なぜ立派な帝国軍人が咲良のような下働きの名をあげるのか。そればかりか、咲良の出生にも精通しているのか。

「そのような者は、巴家の人間にはおりません」

「そっ、そうよ、巴家の娘は私と喜代さんだけで」

「咲良などという女、知りませんわ！」

「美代、お前たち、軍人の前ではしたない態度は控えなさい」

藤三郎は厳然と美代たちを制した。

「だけど、お父様！」

慌てふためく美代たち三人を一瞥もすることなく、千桜は淡々と用件を述べた。

「茶番は大概にしていただきたい。あなた方に用はない」

「なっ……！」

応接室に座している千桜の瞳が、ゆっくりと咲良をとらえる。

「私はそちらのお嬢さんに結婚を申し込みたく、馳《は》せ参じたのだ」

咲良はしばらくその場で呆然とした。美代と姉たちは、信じられないとばかりに目を丸くする。

「あれは、ただの下女です！　まさか、お戯れが過ぎますわ」

「戯れなどではない。藤三郎殿には先ほど話をつけさせてもらった」

「藤三郎さん……！」

納得ができないとばかりに取り乱す美代。千代と喜代も顔を真っ赤にして唇を結んでいる。

なによりも、この現状を一番理解していないのは咲良本人であった。

千桜と交わした言葉はたった数言のみ。しかも、名乗らずに去るという無礼を働いたのだ。

むしろ叱責されるべき内容であるのに、なぜ縁談を持ちかけられているのか。

千代や喜代のほうがはるかに女性らしく、可憐である。一方で割烹着姿の咲良は、見るからにみすぼらしく、品性に欠けている。そんな自分に縁談などとは考えられもしない。

「小鳥遊殿は咲良の出生については秘匿してくださるとおっしゃっている。それに、名家である小鳥遊家と縁を結べるのだから、巴家にとって光栄なことだろう」

「ですが、お父様！　私は納得できません！」

千代はすかさず口答えをする。喜代も悔しいとばかりに唇をきつく結んでいた。

「そうよ藤三郎さん、あなただけで勝手に決められたら困るわ！」

美代と姉たちにとって、よりにもよって咲良を指名されるとは屈辱以外のなにものでもなかった。妬み、嫉みといった感情に囚われる女たちの一方で、当主の考えはある種、潔かった。

私生児であれ、咲良もまた藤三郎の娘である事実は変わらない。本来は隠匿すべき事由であるが、千桜は自身であらかじめ調べ上げ、咲良が私生児であることも承知したうえで縁談の申し入れをしてきた。これほど条件のよい話はない。

もし名家に嫁がせることができれば、巴家としては願ったり叶《かな》ったりであると判断したらしい。

「お前たちが騒ぐな。小鳥遊殿に失礼ではないか、黙っていなさい」

「でも……！」

藤三郎ははじめてまともに咲良の顔を見た。

咲良には微塵《みじん》も興味関心を向けなかった実父。

百合子が自害した時、涙すら流さなかった。そればかりか、屋敷内で起こった不祥事を隠匿することばかりを気にしていた。

しまいには、百合子の亡骸は裏庭の焼却炉にてあっけなく燃やされた。死を弔う者は誰もいなかった。

「咲良、分かっているな」

咲良はその場でたじろいだ。下働きの己が意見などできない。主に命じられた通りにする以外に余地はないと理解もしている。『嫁げ』と命じられれば、その通りにせねばならない。考える間もなく、頷《うなず》くしかない。

だが、ひとつ疑問が浮かぶ。

(どうして、私なの……?)

千桜は咲良の正面まで歩み寄り、その場に膝をつく。

「先日は不躾にすまなかった。それからこれを」

「あ……」

差し出されたのは、母親の形見である簪だった。

「貴女が立ち去った後に落ちていた」

「こ……これっ……」

失くしてしまったと思っていた。泣きそうになりながら受け取り、胸にぎゅっと抱きしめる。

(私の、大切なものを……この方が)

冷やかしのようにも戯れであるようにも思えない。氷のような瞳には、華やかさの欠片《かけら》もない素朴な娘が確かに映っている。

「あの夜から、貴女をどうにも忘れられずにいた」

「え……」

「もう俯く必要はない。私のもとに、来なさい」

こうして、咲良と千桜の縁談は成立した。

四

咲良が輿入《こしい》れをする当日の朝。巴家には黒塗りの自動車が停まっていた。風呂敷に数少ない私物を包み込み、咲良は急ぎ足で邸宅の外に出る。見送りの際に、美代と姉たちの姿はなかった。

「くれぐれも粗相のないように」

「はい、藤三郎様」

千桜との縁談が成立してからというもの、美代や姉たちからの嫌がらせ行為はぱったりとなくなった。おそらくは小鳥遊家側への心証が悪くなるという不都合が生じるためであったが、咲良の心は依然として晴れ晴れとはしなかった。

縁談という名目で巴家から追い出されることに変わりはない。本来であれば、女郎屋に売り飛ばされるはずだった。それが小鳥遊家となっただけ。

咲良には、なぜ千桜が縁談を申し入れたのかが分からない。

物珍しさからか、それとも憐《あわ》れみからか、いずれにせよ自分の立場はわきまえねばならない。小鳥遊家を追い出されてしまったら、今度こそ野垂れ死ぬしかなくなってしまう。

自動車に乗り込むと、エンジン音が響く。隣に座る千桜は、変わらず冷たい表情を浮かべている。

「昨夜はよく眠れたか」

「えっ……」

「顔色がよくない」

「あ、あの……申し訳ございません」

風呂敷を抱きかかえ、咲良は俯いた。

「なぜ謝る」

「申し訳……ございません。きっと、お見苦しいかと」

千桜は切れ長の目を咲良に向けると、淡々と告げる。

「そう自分自身を下げるな。眠れていないのなら、屋敷につくまででも目を閉じているといい」

咲良は困惑した。主となる人の前で目を閉じて休むなどとは考えもしない。現に、巴家では許されないことだった。

「で、ですが」

「かまわん。少し休め」

やがて自動車が動き出す。千桜は新聞を広げ、それ以降はひと言も発さなかった。

巴家の敷地を抜けると、咲良はほうと息をつく。

咲良ははじめて自動車に乗った。これまでは自由に外出することも許されなかったため、移りゆく帝都の街並みを眺めるのもまた不思議な心地がした。

なぜか、しばらく窓の外を眺めていると眠気が押し寄せてくる。眠りたいわけではなかったが、咲良は数分も経つと風呂敷を抱きかかえたまま意識を手放していた。

◇

千桜は読んでいた新聞から視線を上げ、隣で静かな寝息を立てている咲良を見やった。

（あの家を出て、安堵したか）

ダンスホール・カナリアの庭園でたった数言交わしただけの女。

それまで、小鳥遊家の当主である千桜に言い寄る人間は多くあったが、そのどれにも関心を抱かなかった。

むしろそういった下心ありきの誘いには興ざめする一方であり、舞い込む縁談も家令に命じてことごとく断っていた。くだらぬ見栄や欲望がひしめき合う社交場は好まない。あの夜も、ほんの数十分顔を出しただけであったのだが。

──豪勢に飾り立てられたダンスホールを抜け出し、夜風に当たろうとした際に優しい歌声が聞こえてきた。

出所を探してみると枝垂れ桜の下に、着物姿の女がいる。

どこか懐かしい唄だった。

幼い頃に、聞いたことがあるような。

思わず声をかけると、女が振り返った。目もとを慌てて拭っていたが、泣いていた。

その表情はどこか儚く、空気に溶けてしまいそうなほどに綺麗であったのに、その周囲には強い呪詛が絡みついていた。

千桜はどうにも咲良を放ってはおけなかった。

調査を命じた家令によれば、咲良は、かつての大名家である巴家の下女だという。

そして、巴家の令嬢の千代と喜代が、夜会で見世物同然に咲良を虐げていた事実が露呈した。

「そうか、あの家の」

巴家といえば、あまりよい噂《うわさ》は聞かない一族であったが、現当主・藤三郎を中心に悠々と生活していると聞く。

「お名前は、巴咲良様です」

「咲良……？」

千桜は文机から顔を上げ、家令を見やる。

（巴……咲良……まさか）

女の名前を聞き、思うところがあってハッとする。脳裏をよぎったのは、十数年前のかすかな記憶だ。

『だいじょうぶ？　もうくるしく、ない？』

人気のない森の中。傷だらけの千桜に優しく声をかけてくれた少女がいた。

『うん……もう大丈夫。助けてくれて、ありがとう』

『えへへ、げんきになってくれてよかった』

千桜が礼を言うと、少女は花が咲いたように微笑んだ。それがどうにも嬉しかったのかもしれない。誰かからこんな温かな笑みを向けられるのは、いつ以来だろうか。

『ねえ、君の名前は？』

気づいたらごく自然と名前を聞いていた。

知りたかったのだ。千桜に無垢な瞳を向けてくれる、少女の名前を。

『だれにも、いわない？　みょうじはね、あんまりおしえちゃいけないんだって』

『言わないよ、約束する』

あどけない笑みを浮かべる少女を見て、どくりと胸を掴まれたのをよく覚えている。

『さくら。ともえ、さくら――』

過去の記憶が蘇《よみがえ》り、千桜は静かに喉を鳴らす。

（やっとだ。やっと――見つけた）

「お坊ちゃま？ ……千桜お坊ちゃま……？」

「あ、ああ。すまない。続けてくれ」

千桜は我に返ったように文机から顔を上げ、家令を見やる。

「はい。世間的には秘匿されているようですが、どうやら藤三郎氏と使用人の間にできた、庶子であるようです」

「庶子……」

華族界隈において、この手の話はよく聞いていた。屋敷の使用人との戯れを趣向とする当主は多く、その末にできた私生児の立場といえば至極危ういものだ。

（泣いていた理由も、たやすく見当がつく）

千桜は深くため息をつく。

（これだから、華族制度などくだらんのだ）

自らの行動に責任を持たぬ、傲慢な華族が多すぎる。そうして都合が悪くなると、立場の弱い者を平気で踏みにじり、切り捨てる。

華族を優遇する政治は公平ではない。そればかりか、昨今は首相に対抗する過激派が発足し、きな臭い動きもある。とくにダンスホールで開催される夜会は、隠匿すべき会合にうってつけである。貴賓室にでも隠れられては、調べが行き届かないからだ。

「おそらくは、屋敷の中でも手ひどい扱いを受けているのだろうな」

「いかがいたしましょうか」

書類から顔を上げ、千桜は両手を合わせるように組む。

千桜は偽善者ではない。正義感だけは幼い頃より人一倍強かったが、過酷な境遇にいる者へ無差別に同情を向けることはない。だが。

「明日、巴家へうかがうことにする」

縁談などくだらないと思っていた。見合いの話もすべて断っていた千桜であったが、ごく自然に咲良を小鳥遊家に迎え入れる考えが浮かぶ。

幼い頃に会ったことがある咲良。夜会で咲良が歌っていた唄とまったく同じものを、千桜は聞いたことがあった。もう一度、会いたいと思っていた。

出生を知り、泣き顔を思い起こすとどうにも放っておけない。なにより、漂う呪詛のことが気がかりだ。

桜の木の下、儚い表情を浮かべる咲良が千桜の脳裏から離れなかった。

◇

咲良を乗せた自動車は、帝都の東に構えた純和風の屋敷に到着する。

西洋の流行を取り入れた洋風建築の巴家と比べると、小鳥遊家は古き良き趣を大事にする習慣があった。

咲良は途中で眠ってしまった非礼を詫びたが、千桜は「気にするな」と言い切るのみだ。

「荷物は家令に運ばせておけ」

「い、いえ……自分で運べます、ので」

「だが、女性が持つには重いだろう」

「いいえ、ご、ご面倒をおかけするわけにはは」

咲良は何度も頭を振る。千桜はしばらく咲良を見据え、小さくため息をついた。

「貸しなさい」

「あ」

咲良の腕から風呂敷を奪い取ると、そのまま屋敷の中へ入っていってしまう。

咲良は激しく狼狽した。主となる人に、自分の荷物を運ばせてしまっている。背筋がぶるりと震え、とっさに千桜の背中を追いかける。

「な、なりません……」

「かまわん。——橘、彼女を部屋に案内してさしあげろ」

千桜は咲良の声かけに一瞥するだけで、先へ先へと進んでしまう。

本来であれば、己のような人間がまたぐことができる敷居ではないのだ。咲良の胸の内には変わらず暗雲が立ち込め、屋敷の玄関先で足踏みをした。

「咲良様、こちらに」

家令に促され、咲良はようやく顔を上げる。客人としてもてなされた経験など咲良にはない。

加えて嫌な顔ひとつしない家令にも戸惑ったが、なんの後ろ盾もない咲良には意思決定をする権利などない。

咲良が通された部屋は、巴家にて与えられていた屋根裏部屋とは比べ物にならないほどに上等だった。どこか懐かしさを覚える藺《い》草の匂いに迎えられ、咲良はほうとため息をつく。

「お召し物はこの箪笥の中に。一通りこしらえておきました」

家令は衣装箪笥を示し、咲良に優しく微笑みかける。

「あ……あの、本当に申し訳ございません」

「いいえいいえ、そう謝らないでくださいまし。咲良様がお越しになるのを、お坊ちゃまも私も楽しみにしていたのですよ」

己のような私生児が本当に歓迎されているのか。咲良は俯いた。

「ですが、本当にご迷惑をおかけしてしまっていると思います」

「そう、ご謙遜なさらずに。迷惑など、とんでもございません」

咲良は家令の言葉を素直に受け入れられずにいた。

巴家に身を置いていた時は、美代や姉たちに邪険にされていたのだ。それこそ生きていることが罪であるとばかりに。そういうかつての生活が咲良にとって当たり前であったからこそ、小鳥遊家での待遇に戸惑った。

(このようなお部屋も、私にはもったいないわ)

生まれてこの方、綺麗な布団で寝たこともない。よそ行きの服装もかろうじて着物が一着あるくらいだ。今日からここが咲良の部屋だと言われても、実感が湧かなかった。

「あの……私は、なにをさせていただけばよろしいでしょうか」

「なにを……とは?」

「掃除や洗濯、給仕、なんでも命じてください」

咲良が風呂敷の中から割烹着を取り出すと、家令が慌ててそれを制した。

「なりません！　咲良様は当主の奥方になられるお方です！」

「も、申し訳ございません。なにか他にあれば、命じていただきたいのです」

咲良は食い下がり、割烹着を頭から被ろうとする。

「本当に、本当に、そのようなことはしていただかなくて結構なのですよ。そのようなことをさせてしまっては、お坊ちゃまに叱られてしまいます」

「では、私はなにを……」

「なにもせずとも、ここを我が家と思い、くつろいでいただければよいのです。そうそう、咲良様は朝食はもう召し上がっておりますか？　まだのようでしたら、お坊ちゃまの分とあわせて用意いたしますので」

（朝食……？）

思えば、咲良は朝食をとる習慣がなかった。そもそも、咲良のために用意されるものなどなかったのだ。三日に一度、冷めた白米とたくあんがあればよいほどで、咲良は台所の隅っこで隠れるように口にしていた。

そのような生活をしていたからか、咲良は食に無頓着なのだ。今自分が空腹であるのかも分からないほどには。

咲良が首を振ると、家令はほっと胸を撫《な》で下ろす。

「では、すぐに支度いたします。また声をかけますので、それまでお部屋でゆっくりなさってくださいな」

そう言って家令は襖《ふすま》を閉め、部屋を後にした。

(お言葉に甘えてしまって、本当によいのかしら……)

咲良はしばらく部屋の中をうろうろした。巴家にいた頃はなにもしない時間がなかったため、落ち着かなかった。少しでも手を止めれば、怠慢だと叱責されたからだ。

(なにか、なにかお役に立たないと)

そうしなければ、幻滅されて捨てられてしまうだろう。

ただでさえ、望まれて生まれてこなかった人間なのだ。下働きをすることで、かろうじて屋敷に置いてもらえた。存在をかき消すことで、満足してもらえた。殴られても蹴られても耐えることで、明日を迎えるのを許してもらえた。

かといって今なにをすればよいのか分からず、結局、家令の声がかかるまで咲良は畳の上に腰を下ろし、ただぼんやりと俯いていたのだった。

その後、咲良は居間に案内された。お膳を挟んで正面には千桜が姿勢よく座している。

「どうぞお坊ちゃま、白湯でございます」

「ああ、ありがとう」

家令から湯呑《ゆのみ》を受け取ると、千桜はひと口喉に流し込む。

咲良は、このように主人に感謝されたためしは一度すらなかった。

千桜は冷たい雰囲気があるものの、使用人に対して大きな態度をとることはない。

川のせせらぎのように静かで、ほんのわずかにも水のはねる音を立てない。

小鳥遊家が巴家と比べて素朴であるのも、当主の千桜の趣向なのだろう。財力は巴家以上に有しているのに、驕らない。

ぼうっと見つめていると、千桜と視線がかち合った。

流れる沈黙。物音ひとつ立たぬ粛然とした空気。氷のような瞳を前にして、咲良は少しばかりいたたまれなくなった。

「遠慮なら無用だ」

湯呑が膳の上に置かれ、千桜が箸を手に取った。

「で、ですが……」

咲良は押し黙って、膳を見つめる。

艶のある白米、だしの香る卵焼き、茄子《なす》のみそ汁、もやしのお浸し。ご馳走《ちそう》といってもいいほどだ。それを、主となる千桜と向き合いながら食すとは考えもしなかった。

「腹が減っていないのなら、無理にとは言わないが」

「申し訳ございません……分からないのです」

千桜がちらりと咲良に視線を向ける。前髪で隠れていない右目からはひんやりとした冷たさを感じたが、他の華族の者たちのような棘《とげ》のあるそれとは違った。

華族の者と、一般庶民――それも下女上がりの娘がともに食事などとは、言語道断だ。はたして本当に気障りではないものか。

咲良はそればかりが気がかりだった。

「私などが召し上がっても、よいものなのでしょうか」

「かまわんから、出している」

「………」

よいはずがない。どう考えても無礼だ。

咲良はしばし、その場で黙り込んだ。

どれほど時間が経過したのか、咲良はためらいながらもゆっくりと箸に手を伸ばす。湯気が立つみそ汁を見つめる。「いただきます」と呟《つぶや》き、ひと口含んで、動きを止めた。

優しい、そして、じんわりと温かい。

冷えていない食事など、生まれてはじめて出された。

咲良のために準備された食事も、はじめてだった。

これまでは台所の隅っこで、冷えた白米にお湯をかけて食べた。箸の進みが遅いと途中で取り上げられることもあった。

咲良には、空腹も満腹も区別がつかない。食欲も感じなかった。

だが、卵焼きを口に入れた瞬間、みそ汁をすすった瞬間、温かい白米を歯ですりつぶした瞬間、自分が腹を空かせていたことに気づいた。

「旨いだろう」

千桜は、茶碗《ちゃわん》を片手に咲良を見やった。

「……はい」

（おいしい）

味覚。嗅覚。咲良が忘れ去っていたものが一気によみがえり、食事を口にすればするほど腹が減っていく。

「このような……」

咲良は箸を止め、あらためて正座をする。

「このような美味な食事は、はじめてでございます」

「そうか。普段は？　どのようなものを食っていたんだ」

千桜の冷ややかな視線が向けられる。咲良は俯き、巴家での生活を思い出す。

「冷えた白米にお湯をさしたものを、三日にいっぺんほどでございます」

巴の屋敷とは正反対の静けさが漂う。

千桜は茶碗を膳に置き、すうっと目を細めた。

「これからは、旨いものを好きなだけ食うといい」

「そのような贅沢《ぜいたく》、できません」

「私の妻となるのだから、つまらん遠慮などするな」

咲良はハッと息をのむ。

（妻……）

感情の読み取れない千桜の顔を前にして、妻とはいったいなにをすべきなのか、咲良は考えた。

咲良にできることなどたかが知れている。これでは、ただの飯食らいだ。そうなってしまっては、役立たずだとすぐに追い出されてしまうかもしれない。

だが、千桜は労働を望まない。では、妻であるとはどういうことなのか。なぜ千桜は咲良を妻として迎え入れたのか。

考えれば考えるほど疑問が深まっていく。

「私には……なんの後ろ盾も、ございません。そればかりか、誰からも望まれずに生まれた、愚かで醜い私生児です。妻として迎えるにはなんの利点もなく、むしろ必ず、あなた様の面汚しと……なりましょう」

「………」

俯く咲良を、千桜は黙って見据えた。

「芸事も持っておらず、また、読み書きも……できません。このような私に、ご立派な軍人であられるお方が、どうしてご縁など」

「忘れられなかった、と伝えたはずだ」

千桜の抑揚のない声が、静まり返った居間によく響く。

「妻に迎えるならば、そなたがいいと思った」

「………」

嘘偽《うそいつわ》りのない真摯な言葉が咲良の胸の中にすっと入ってくる。

「それに私は、皆が羨むような人間ではないのだ」

千桜はそっと口にすると、縁側の外を眺めた。

「疎まれながら育った、というのならば、私もそう変わらない」

視線の先には枝垂れ桜が咲いている。

鮮やかなまでの桃色。樹齢いくばくになるのか、幹がずっしりと太い。おそらくは、この家を長い間見守ってきたのだろう。春を迎え、夏を迎え、秋を迎え、冬を迎え、何年も何年も。

咲良はほうっと息を吐き、妖艶に揺れる桜の木を見つめる。

刹那――ブワッと強い風が吹きつけた。

咲良の髪がすべてなびくほどの旋風に、ひらひらと桜の花びらが舞う。

千桜のしなやかな髪が揺れ、ようやくはじめて美しい輪郭が露わになる。

咲良は息をのんだ。

糸のような紺桔梗の髪で隠れていた左眼は、日本人特有の黒や茶といった瞳をしていなかった。

「桜……」

千桜の左眼はそれは鮮やかな色をしていた。

咲き誇る桜の花をそのまま閉じ込めたかのような瞳。だが、春の訪れを感じさせぬ冷たい瞳でもある。

(やっぱり見間違いでは、なかった)

カナリアでの夜会にて、一瞬だけ千桜の左眼を見たことを思い出す。目にするのはこれでたった二度目になるはずなのに、どことなく懐かしさを感じる。食い入るように見つめ、やがて、へたりと腰を抜かした。

「驚くのも無理はない。不気味だろう」

「い、いえ」

そうではない。滅相もないと首を振ると、千桜はハッと鼻で笑った。

「これは、龍の瞳なのだという」

「え……？」

咲良が聞き返すと、千桜は重々しく息を吐く。

「生まれた時からこうだった。これを持つ者は、その身に龍を宿す」

「龍を……」

「万物を見通す眼を、岩をも砕く爪を。祖母はこれを龍からの祝福だと言っていたが……まさか。まるで、呪いだ」

咲良は、千桜の瞳をまじまじと見つめた。まるでお伽話のような内容だが、千桜が嘘をついているようにも思えない。

それに、千桜の左眼は疎まれるようなものだとは考えられない。

「いいえ、呪いなどと、そのようなことはございません」

「世辞はいい。母は、私を恐れて遠ざけたからな」

風がやみ、千桜の左目は流れた前髪の下に隠れた。普段は、人を驚かせぬようあえて見せてはいないのだろう。

千桜は、再び何事もなかったように湯呑を手に取った。

「あの」

龍の瞳がいったいどんなものなのかは分からない。しかし、それを呪いと言うのは違う気がする。桜色の輝きを不気味であるとは思わなかった。

「とても……綺麗でした」

ただそれだけだ。

咲良が告げると、千桜がすっと目を細めた。

「よい、無理はするな」

「無理などしておりません。とても、お綺麗です」

咲良は姿勢を正して、千桜と向かい合った。

ただ、この気持ちだけは伝えなければならないと思った。

「…………」

千桜が小さく息をのむ音が聞こえる。細い紺桔梗の髪がさらりと流れた。

「申し訳ございません。出すぎたことを」

お膳の横に座り直し、深々と頭を下げる。

今日からここが咲良の生きる場所。尽くさねばならない場所だ。

「落胆されぬよう、努力します。なんでもいたします。粗相がないよう、細心の注意を払います。不束者《ふつつかもの》でございますが、この巴咲良をどうぞよろしくお願いいたします、旦那様」

本人の思いとは裏腹に、咲良は少しずつ愛を知っていくことになる。

第二章　優しい日々

一

気づけば小鳥遊家に来てから一週間が経過していた。千桜とは、婚約という段階で落ち着き、正式な祝言をあげる日まで、咲良は小鳥遊家の家令から淑女としての指導を受けることになった。

朝は巴家と異なりとても静かで、咲良は基本的に毎日、千桜と向かい合って朝食をとる。その間、とくに会話らしいものはなく、千桜も咲良も黙々と箸を進めるのみだ。

咲良には、〝なにもしない〟というこの生活がどうにも肌になじまない。千桜の着替えの手伝いを申し出たが、あっさり却下された。

(どうしてこの家の方々は私になにも命じてくださらないの？　ここに来てから、なんのお役にも立てていない)

焦りや不安が付きまとう。鬱々《うつうつ》としていると、ずきりと頭に痛みが走る。

(また……だわ)

小鳥遊家に来てから少し体調がよくなったと思っていた。しっかり食事も睡眠も取れているのに、得体の知れないものが咲良の体をじわじわと蝕んでいく感覚は、いまだ残っている。

（いったいこれは、なんなの……かしら）

千桜や家令に迷惑はかけられない。忌み子である自分を見限らずに置いてくれている。もし使い物にならないと知られてしまったら、今度こそ追い出されてしまうかもしれない。

ふらつきながら、咲良は自室を後にした。

「顔色がよくないな」

千桜が手早く身支度を整えると、咲良は玄関先まで見送りに出る。

品格ある軍人の制服。ひとつに結わえられたしなやかな髪。桜色の左眼は、横に流している前髪で今日も隠れている。

咲良は悟られまいと視線を逸らす。一方で千桜は思うところがあるようにじっと咲良を見つめた。

「また色濃くなっている……」

「え？」

「ああ、いや、夕べは遅くまで灯りがついていた。無理をしているのではないか」

その場にぼうっと立ち尽くしていると、千桜がため息交じりに声をかける。

咲良はハッとして頭を下げた。思い当たる節があったのだ。

「ごっ……ご迷惑をおかけしてしまい、申し訳ございません」

「いったいなぜ謝る。だがそうだな、勉強熱心なのは褒めるべきとはいえ、ほどほどにしておけ」

咲良は夕べ、遅くまで読み書きの勉強をしていた。遅くまで灯りをつけていては、かえって千桜の睡眠の妨げになったのではないか、と猛省する。

「橘から聞いている。読み書きがずいぶんとできるようになったと」

「……いえ、物覚えが悪く、橘さんにはご迷惑をおかけしております」

千桜はよく夜更けまで文机に向かい、小難しい書類に目を通している。咲良はまだ漢字が思うように読めないため、なにが書いてあるかは分からなかった。

でも、なにもできない忌み子の自分でもそばに置いてくれているのだから、咲良はなんとかして千桜の役に立ちたかったのだ。

「そうあまり自分を下げるな。よく努力している」

「いえ、あの……申し訳ございません。あ、これを……」

家令から預かっていた弁当を千桜に手渡す。

「ありがとう」

弁当を受け取った千桜は鞄《かばん》の中にしまい込むと、横目を向けてきた。

「咲良」

千桜に名を呼ばれると、咲良は形容しがたい気持ちになる。

「今夜は、なるべく早く帰宅する」

「……はい。お待ちしております」

咲良が頷くと千桜はふっと微笑む。

「では」

「いってらっしゃいませ、旦那様」

「ああ、行ってくる」

見送りを終えて、咲良はしばらく玄関先で立ち尽くした。

（なにか、なにかしなくては……）

買い与えられた着物は、咲良にとっては上等すぎる。今すぐにでも割烹着に着替え、家中の掃除をさせてもらいたかったが、千桜はこれを許してはくれない。

咲良は自室に戻って文机の前に腰を下ろし、読み書きの勉強にいそしんだ。

「咲良様」

すると、襖の奥から呼びかけがある。

「はい……どうぞ」

「失礼いたします」

襖の向こう側には家令が控えていた。

「本日は、お天気もよいことですし、縁側にてお花のお稽古にいたしましょう」

咲良はかしこまって姿勢を正す。

「承知いたしました。本当に、お手数ばかりおかけして申し訳ございません」

「いいえいいえ、咲良様は飲み込みが早くて、むしろ助かっておりますよ」

褒められ慣れていない咲良は、いったいどんな顔をしてよいものか分からなかった。

だが、そんな中でほんのりと嬉しさを感じる。

親切にしてくれている千桜や家令に、早く恩返しができるようになりたい。そう思いながら日本家屋の広い廊下を進んでいく。

（そういえば……）

咲良が小鳥遊家に来てからというもの、千桜と使用人以外の小鳥遊家の人間を見かけていない。

（お父上やお母上とは、別居されているのかしら）

同居しているのならば、挨拶をしなくてはならないところだが。

（忌み子の私なんて、歓迎はされないわ）

咲良は目を伏せ、じっと床を見つめた。家令の後を追って縁側にやってくると、中庭の枝垂れ桜が咲良を迎え入れた。

そこでふと不可思議な点に気づく。

（この桜……まだ散っていないのね）

桜の花びらは、開花してから一週間も経てば、そのほとんどが散ってしまう。だが、小鳥遊邸の枝垂れ桜は、咲良がはじめてここに来た時から今に至るまで鮮やかに咲き誇っている。

「これは、狂い咲きの桜なのです」

しばらく桜を見つめていた咲良に気づき、家令がそっと声をかけてくる。

「狂い咲き……」

「信じられないでしょうが、一年中咲いています。もともとこのお屋敷は、今は亡き大奥様——千桜お坊ちゃまのおばあ様が大層大事にされておりまして……曰《いわ》く、この桜の木には龍が宿っているのだそうです」

千桜の祖母はいったいどんな人だったのだろう。咲良には祖父母の記憶がない。父方の親族とは顔を合わせることも許されなかった。

（それに、この木に龍が……？）

立派な木を見上げ、咲良は千桜の左眼を思い浮かべた。

春になるとこの国でたくさんの桜が咲く。それは、日の本の民を守護する龍が桜の木を愛しているからだと聞いたことがある。

「旦那様の左眼については、もうご存じで？」

「はい。見せていただきました」

「そうですか……」

家令は目を細めて枝垂れ桜を見上げる。

「きっと、はじめて見る色で驚いたでしょう」

「はい。でも、とても綺麗で、なんだか……」

懐かしく思った。

咲良は家令の視線を追うようにして狂い咲きの桜の木を見上げる。

果たして本当に龍がこの木に宿っているのか。咲良はもう一度、青空の下で気持ちよさそうに揺れている枝垂れ桜を見つめる。

「龍の瞳とは、どのようなものなのでしょうか」

問いかけると、家令はそっと目を細めた。

「その名の通り、龍の力を宿す瞳です。千桜お坊ちゃまは、瞳の継承者としてかの龍に選ばれたのでございます」

あまりに神秘的な内容に、咲良は言葉を失った。

「龍の瞳はこの国の民に代々継承されているようなのです。ですが、あの瞳の力は実に強大で、本来は我々人間が使用できるような代物ではないのかもしれません」

「そのようなものが、旦那様に？」

龍の力とはいったいどういうものなのか、咲良には想像もつかない。

「ええ、十数年前、お坊ちゃまの龍の瞳が暴走したことがございました。両の手が鋭い爪になり、長い尾が生え、やがて龍そのものに変貌した……。我を失ったお坊ちゃまが家の者を次々と襲ったのです」

ごくりと息をのむ。ごく普通に生活をしている今の千桜からは想像もできないような話だった。

「幸い大事には至らず、成人してからは一度もそのようなことはございません」

「そう、だったのですね……よかった」

家令の言葉を聞いて、咲良はほっと安堵する。

「はい、あの左眼には人知を超えたあらゆるものが映るといいます。龍が千桜お坊ちゃまを継承者に選ばれた理由は、きっと、この日の本でもっとも大義を背負うに足るとお考えになったからでしょう」

咲良はじっと桜の木を見つめた。

確かに千桜は龍に選ばれるにふさわしい人だ。『呪い』と口にしていたが、瞳を持つことでこれまでに相当な苦労をしてきたのだろう。

「旦那様はご自身の左眼を呪いだとおっしゃっておりました。しかし、私には……そのようなものには見えませんでした」

桜の木は、見る者の心をこんなにも安らかにするのに。

刹那的で儚い印象を持ちながら、確かな存在感を放っている日の本の花。

不気味だなんて、そんなことはない。

「いやはや……咲良様がお優しい方で本当によかった」

家令はやんわりと眉尻を下げた。

「常識から外れた異質なものを目にすると、たいていの人間は〝恐れ〟や〝拒絶〟、もしくは〝過剰な興味関心〟を抱くものです」

「恐れ……拒絶」

「旦那様は正直なところ、この桜の木がそんなには好きではなかったのだと思います。ですが、最近は少しお考えが変わったように見受けられます」

ひらひらと花びらが落ちてくる。

咲良は感情を長らく手放しているが、桜を見つめていると不思議な心地がするのだ。

それと同じ色の瞳を持つ千桜を、咲良が恐れるはずがない。

風にのって縁側の上に舞い降りてきた一片を拾い上げ、後で押し花にするために藁《わら》半紙《ばんし》の間に挟み込む。

「少しだけこの木を見る目が優しくなったかと」

生け花を花台の上に並べる家令は、どことなく嬉しそうだった。

「咲良様が来てくださって、本当によかった。これまでのお坊ちゃまは鋭い氷のようでしたから」

咲良には言葉の意味が理解できない。

（きっと私の境遇を憐れまれて、温情を施してくださっただけなのに）

ふう、と息を吐く。花を手に取り、咲良は花瓶に向き合った。

生け花、琴、読み書き、そろばん。できることはなんでもする。可能ならば、下働きをさせてもらう許可ももらいたかったが、かえって不快にさせるのならば控えなければならない。

（なにか、なにかできることを見つけなければ）


日が落ち、千桜が軍部より帰宅すると、居間で夕食をとった。

日中に家令から聞いた話が脳裏をよぎったが、本来であれば直接千桜に聞くべき内容だったのかもしれない。

悶々と考えていると箸が進まなくなった。小鳥遊家で提供される食事はとてもおいしい。贅沢をしてしまっていると思う。だから残してはいけないというのに、ここのところ食欲が湧かないのだ。

「無理に食わずともいい」

「で、でも」

「あの木の影響で、少しは加護を受けていると思っていたが……」

表情を曇らせる千桜は、また咲良の頭上を見つめている。

（加護……？）

もしかすると気分を害してしまったのかもしれない。不安になって、持っていた茶碗を置いた。せめてなにかしなくてはと、焦って千桜の膳を見る。湯呑のお茶がもう残りわずかになっていた。

「あ、あの私、よろしければお茶のおかわりをもらってきます」

「おい――」

返事を聞かないまま立ち上がろうとした時、ぐらりと視界が歪んだ。目の前が真っ暗になる。膝の力が抜け落ち、体が前のめりに傾いた。

（……っ！）

咲良は痛みを覚悟したが、床に体を打ちつける感覚はやってこない。その代わりに咲良はなにかにすっぽりと収まった。

（あ……れ？）

霞《かす》む視界の中、天井越しに見えるのは左右で色の異なる千桜の瞳だ。そこには焦燥が浮かんでいる。

「っ、大丈夫か」

「あ……っ」

失態だ。やってしまった。顔を真っ青にさせる咲良に対し、千桜は重いため息をつく。

「どうしてなにも言わずに我慢をしていた」

「ごめん、なさい……お許し、ください」

「謝るな。お前はなにも悪くない。どこかを打ちつけてはいないか？」

咲良の肩を抱く力がぎゅっと強まった。千桜の優しい言葉がすっと胸の中に入ってくる。

（どうして、心配をしてくださるの？）

余計な気を遣わせてしまったのではなかったのか。咲良の身を案じる者などいないとばかり思っていた。

はじめて向けられる感情を前に咲良は戸惑った。

「は……い」

「そうか、よかった。気にしなくていいから、少し休め」

次第に瞼《まぶた》が重くなっていく。黒く閉ざされていく視界。もっと役に立ちたいのに、うまくいかない不甲斐《ふがい》なさを抱きながら、咲良は意識を飛ばした。

――深い眠りの中で夢を見た。

『ウあああっ……!!』

森の中でうめき声が聞こえる。当時四歳の咲良は気になって声の出どころを探した。

『だれかそこにいるの？』

『あぁっ……ウウウッ』

苦しんでいるような声だった。咲良は心配になって、張り出ている木の根を越えていく。やがて開けた場所にたどりつくと、声の主を見つけた。

(綺麗……)

桜色の瞳を持つ、桔梗色の龍がそこにいた。まだ子どもであるのか、そう大きくない。咲良の背丈よりもひと回り長い胴体。凛々《りり》しく伸びる髭《ひげ》。鋭い爪。体中傷だらけで、たくさんの血を流している。

龍をはじめて見た咲良はすっと息をのんだ。

不思議と怖いとは感じなかった。むしろ助けてやらねばという一心だった。

思うように動けないのか、低いうなり声を出して丸くなっている龍の前まで近づいた。

『いたいの……？』

『ぐるるっ……』

『だいじょうぶ、こわくないよ。だいじょうぶだからね』

　どうしたらいいのか。

　自分になにができるのか。とっさに考えついたのは、母親から教えてもらった子守唄。気休めにしかならないかもしれないが、少しは痛みを忘れられるかもしれない。

　咲良は目を閉じて唄を紡いだ。

　歌い終わって再び目を開けると、先ほどの龍は、少年の姿になっていた——。


　意識が浮上する。咲良が目覚めると、自室の天井が映り込んだ。

（あ……れ？　私……）

　先ほどまで夕食をとっていたというのに、気づけば布団に横になっている。ぼんやりとした記憶を手繰り寄せ、千桜の前で倒れたことを思い出した。

「具合はどうだ？」

「……っ！」

　枕もとから優しい声が聞こえ、ハッとする。

「申し訳ございません……！　私、あのまま——」

「いい、起きるな。体に障る」

　慌てて起き上がろうとするが、頭がずきりと痛む。風邪などひいていないというのに、体が鉛のように重く感じた。

「いつからそんな状態なんだ」

「……っ」

「とうにまともに動ける体ではないんだろう。それも、ここ最近は症状がひどいのではないか？」

言い当てられて、困惑する。千桜の瞳を前にしては、ごまかしなどきかないのかもしれない。

「じ、実は……ここ半年間、ずっと体調が思わしくないの……です」

「具体的には？」

「はい。なんだか、うまく息ができないような感覚があって、日に日に悪くなる一方……なのです。こんなことを言ってもご迷惑をおかけしてしまうと思って……黙っておりました」

体調のことをはじめて誰かに告げた。たったそれだけだというのに、少し気持ちが軽くなる。抱え込んでいたものが消え去ったような感覚がする。

「そのうち、よくなるはず……です。だって、こんなによくしていただいているのに――」

「だめだ、このままではお前の命はあと半月ももたない」

だが、咲良が安堵したのも束の間。千桜は厳しい顔つきをして告げる。

「咲良、お前は鬼の強い呪詛を受けているんだ」

「鬼のじゅ、そ……？」

いったいなんの話をしているのか。困惑しつつ見つめていると、千桜は汗で額に張りついた髪を払ってくれる。

「龍の依代――桜があるこの家で暮らせば、呪詛は辛うじて弱まるようだ。だが、依然危うい状態だということに変わりはない」

「……あの」

「この龍の瞳には、人の心や呪いの類が映るんだ。お前の周囲には、黒く淀《よど》んだ茨のような呪詛が絡みついている」

耳を疑うような内容だ。千桜の表情を見る限り、嘘ではない。人知を超越した瞳を持つ千桜が言うのだから、咲良は本当に呪われているのだろう。

「呪いをかけた相手に心当たりはあるか？」

「いえ……」

聞き間違いでなければ、千桜は『鬼』と口にしていた。咲良はこれまでにそのような異形の生物と接触をしたことはない。そもそも、この世にそんなものが存在しているだなんて知らなかった。

「私……このまま、死ぬのでしょうか」

「馬鹿なことを言うな。そんなことはさせない」

どうしてここまでよくしてくれるのだろう。戸惑いと心地よさの両方を感じる。

この気持ちはいったいなんなのだろう。

「私が必ずお前を護ろう」

揺るがない瞳を前に、ほんのりと胸が温かくなる。

「はい……旦那様、ありがとう、ございます」

生きることをあきらめなくていいのだろうか。母親にも見捨てられてしまった咲良を、千桜は求めてくれているのだろうか。

咲良はこの感情の名前をまだ知らなかった。

＊

「今日は少し顔色がいいな」

千桜に呪詛の詳細を告げられてからさらに数日経った。依然鬼の呪詛についてはよく理解していないままだったが、庭先に咲いている桜の木のおかげかここ最近は調子がいい。

夕餉《ゆうげ》を終え、下げ膳を手伝っているとおもむろに千桜が口を開いた。

「もし無理がないようなら、外を歩くか」

「えっ……よいのですか？」

小鳥遊家では身に余るほどよくしてもらっている。外出をしたいなどと贅沢な願いを抱いたりもしなかったが、思ってもみない提案に咲良の胸は弾んだ。

「ああ、気晴らし程度にほんの少しだけだが」

「で、では、今すぐに支度をいたします」

慌てて身を翻して自室へと向かう。

千桜は日々忙しくしている。帝国陸軍少佐という立場もあり、帰宅後も書類の山と向き合っている場面がしばしばあるほど。本来であれば、ほんの一秒ですら惜しむべきところだ。

千桜の時間は国のためにあるのに、咲良のために時間を割かせてしまっている。後ろめたい気持ちの他に、胸に居座る嬉しさ。

千桜のことを考えていると、体を蝕むものが軽くなっていく気がした。

小鳥遊邸の敷地外に出ると、閑静な住宅街が広がっている。華族の邸宅や、帝都大学の学生たちが住んでいる下宿。自動車が往来し、ほろ酔いの男女が歩いている。学生運動をしているのか、学帽とマント姿の学生たちも見受けられた。

「つらくなったらすぐに伝えること。いいな？」

「……はい」

咲良は、ぼうっと辺りを見回した。思えば、あの夜会以外で夜に出歩いたことがなかったのだ。

「最近は学生運動が盛んだな」

十字路の先を見つめる千桜は、静かに口を開いた。

「……学生運動」

「近頃の政治はよくない。だから学生たちは、ああやって抗議をしているんだ」

咲良は、このような時に己の無力さを痛感する。

世俗をあまりに知らない。本来ならば道中をともにできる人間でもない。咲良は、俯きながら千桜の半歩後方を歩いた。

千桜の紺桔梗色の髪がしなやかに揺れている。糸のように細く、傷みひとつない綺麗な髪。

「政の実権を握っているのは結局のところ華族なのだ。貴族院などと……馬鹿馬鹿しい」

千桜が深いため息をつく。

「すまない。つまらん愚痴だ」

「いえ……旦那様は、ご立派でございます」

自動車が走り抜けてゆく。千桜はさりげなく車道側に立った。

「ずいぶんと買いかぶられているな」

「そのようなことはございません……！　お国のために、軍人としてご立派にお勤めされております。私にはとても……」

斜め前にいる千桜の背中を見つめる。

「そうか」

「……はい」

咲良は終始そわそわしていた。婚約をしている仲ではあるが、婚前の男と女――それも咲良のような平民が、将校について歩いてしまってよいものなのだろうか。

帝都の街を歩く者たちは、シャツにズボン、スカートといったモダンな洋装をしている者がほとんどだ。だが咲良は買い与えられたそれらを身に着けずに、持参してきた着物に袖を通してしまった。どうにも己にはもったいない気がしたのだ。

せめて千桜が指をさされて笑われることのないよう、差支えのない距離を保った。

「呪詛の件も、引き続き調べている」

「その……申し訳、ございません。お手を煩わせてしまっているのに、それに見合った働きができていなくて」

謝罪を述べると、千桜は小さくため息をついた。

「そんなこと、考えるな」

「でも」

近くの邸宅から高らかな笑い声が聞こえてくる。この辺りは、大きな屋敷が多く建ち並んでいる。おそらくは華族の持ち家だろう。咲良は無意識に千桜と距離をとって歩いた。

「私は、お前に見返りを求めているわけではない」

「…………」

(見返りは、求めない?)

千桜の言葉の意味がよく分からない。

「ただ私は、帰宅した時にお前が出迎えてくれるだけで十分だと思っている」

少し先で千桜が立ち止まり、振り返る。

「え……」

咲良の足取りが遅くなっていることに気づいたようだ。眉尻を下げている千桜の顔をガス灯が美しく縁取った。

「すまない。歩く速さを合わせるべきだった」

千桜は咲良のもとまで歩み寄ると、隣に並ぼうとする。

「あ、あの」

「なんだ」

「私などが旦那様の隣にいるところを見られてしまったら、旦那様の心証を悪くしてしまうのではないでしょうか」

咲良がとっさに俯くと、再び頭上からため息が聞こえてくる。

「近いうちに妻となる相手と歩いていてなにが悪い」

「で、ですが、社交場での旦那様のご評判が……」

「勝手に言わせておけ。それに、お前はうつ――」

あ、と口もとに手を当てて、千桜はそれきり押し黙る。

「旦那様？」

「いや……なんでもない」

千桜は気まずそうにそっぽを向いた。いったいなにを口にしかけたのだろう。

再び歩き始める時には、咲良と千桜は歩幅を合わせて並んだ。

「あの、旦那様」

「なんだ」

自動車のライトが咲良と千桜を照らす。

「小鳥遊邸では、おひとりで暮らしていらっしゃったのですか？」

咲良から質問を投げかけるなど、失礼にあたるかもしれないと思った。だが、もし咲良が顔を合わせていないだけで同居家族がいるのならば、一度挨拶をしておかねば不躾である。

問いかける咲良を一瞥し、千桜は目を細めた。

「ああ。側仕えはいるが、私ひとりだ」

「そうでございますか……」

「十五の頃から、住んでいる。あの家は亡くなった祖母の遺産なのだが、自立するというのは建前で、体よく実家を追い出されたのだろう」

そして千桜は、自身の左眼へとそっと手のひらを重ねた。

「母は、この眼がおぞましいらしい」

咲良は、黙ったまま千桜を見つめた。

「ずっと、私を産んだことを悔やんでいた。このような瞳を持つ私を呪われた子だと罵り、ついには気を病んでしまった」

ほの悲しげに目を伏せる千桜。咲良は以前に家令から聞いた話を思い出した。

（顔には出さないけれど、さぞご苦労があったのでしょう）

咲良も、実の母親に目の前で先立たれた時に大きな喪失感があった。

地の底に落ちていく感覚。【死んでお詫びいたします】と書かれた紙を見て、自分がこの世に生を受けてはいけなかった存在だと思い知らされた。

唯一の頼りだった母親は変わり果て、使用人に米俵のように担がれて焼却炉の中に押し込まれた。咲良はその場に立ち尽くし、燃えゆく炎をただ眺めるのみであった。

「どうか、そんなお顔をなさらないでください。私は、旦那様の瞳をおぞましいなどとは思いません」

「……咲良」

「でも、そうは言ってもお気持ちは晴れないのでしょう」

ぎゅっと胸もとで手を合わせ、咲良は続ける。

「憚《はばか》りながら、大切な人に見放された悲しさは……私にも分かるかもしれません」

家族に見放された喪失感は咲良も知っている。互いの境遇は異なっているとはいえ、千桜は咲良と同じく孤独だった。

「あの唄は……」

咲良はゆっくりと口を開く。

「あの夜、カナリアで口ずさんでいた唄は、昔母が聴かせてくれた子守歌なのです」

巴家にたったひとり残された後は地獄だった。美代や姉たちに虐げられ、さまざまな感情が消えていった。だが、そんな中でも、かつて母親が聴かせてくれた子守歌だけは咲良の胸の中に残っていたのだ。

「そうか、お母上の……」

千桜は眉をひそめ、咲良を見つめる。

「はい。ですので、本当に他人様に聴かせるようなものではありませんでした」

合唱用の歌ではなく、一般庶民の子守唄だ。将校である千桜には到底聴かせられなかった。そればかりか、咲良は歌に自信がない。

名を尋ねられ、とっさに逃げ帰ってしまった無礼を考えると、咲良の表情はいっそう曇る。

「お母上は、すでに他界されていると聞いたが……」

「はい」

おそらくは、死の詳細も千桜は知っているのだろうと咲良は思った。

「朝目覚めると、母は私の目の前で首を吊って死んでおりました。私を産んだことを、死んで、詫びたのです」

咲良は遠くで輝いているガス灯の光を見つめる。

咲良はこれまで、母親の死を他人に語ったことはなかった。そもそも、咲良が関わるのは巴家の人間のみ。友人もいなければ、恋人と呼べる者もいなかった。

また、特段話したいと思うこともなかったのだ。誰にも明かさず、痛みや悲しみ、憂いごと心に蓋をした。

「本当は……そんなこと、してほしくはありませんでした。どうして私を見捨てたのって、私は生まれてきてはいけなかったのって、ずっとつらかった」

だが、なぜ千桜に打ち明けたのか。他人とまともな会話すらしたことがなかった咲良にとって、己をさらけ出した相手は千桜がはじめてだった。

本音を吐露をすると、咲良の体は温かい体温で包まれる。

鼓動が伝わる。気がつくと、咲良は千桜にすっぽりと抱きしめられていた。

「大丈夫だ」

「旦那……様、あの」

千桜の抑揚のない声が咲良の鼓膜を揺らす。

千桜は咲良をなだめるように頭を撫でてくれる。それがどうにも、心地よく感じた。

「母は真に、私を産んだことを悔やんだのでしょう。だから、自ら命を絶った。巴家の皆様に償った。私はそれを受け止めるしかなかったのです」

感情が欠落し淡々と口にする咲良を見て、千桜は小さく息を吐く。

「甚だおかしい世だ」

「おかしい？」

咲良が聞き返すと、千桜は大きくため息をついた。

「人を人とも思わぬ、傲《おご》りの塊がそこら中に湧いている。このような腐った階級制度は、今に撤廃されるべきだろう。何度も上奏しているのだがな。ひと筋縄ではいかない」

咲良は、じっと千桜を見つめる。今まで咲良の周りには、階級制度そのものを否定する者はいなかった。誰もが特権に酔いしれ、これを保持することを美徳としていた。天上と天下があるのは当たり前であり、一般庶民――それも禁忌の子として生を受けた咲良は、一生をかけて彼らにつき従わねばならないと思っていた。だが。

千桜は違うと言う。

彼の言葉は、まるで桜吹雪のようにわあっと吹き荒れ、咲良の胸の中に入ってくる。なぜだろう。今、この瞬間、咲良は隠れている千桜の左眼が見たいと望んでしまった。

ぎゅっと千桜の胸もとを握る。千桜の手のひらが咲良の頬に優しく添えられた。

「私は生きていても……よいのでしょうか」

「ああ」

「幸せになっても……よいのでしょうか」

問えば、千桜は頷いてくれる。

「せめてお前くらいは、お前自身を愛してやれ……というのは、難しいかもしれないが」

千桜の言葉は、冷え切った咲良の心を少しずつ溶かしてゆく。抑揚がなく、ひどく淡々としているそれが、どうにも咲良には心地がよかった。

「自分を愛する……」

「生まれるべきではない命など、どこにもないのだ」

夜風が吹きつける。

まばゆい桜の左眼がまっすぐ向けられる。呪いなど撥《は》ねのけてしまうような、力強い瞳。

「もし自愛できぬというのなら、私がお前自身の分まで愛してやると誓おう」

二

愛するとはなにか。

咲良は、ここしばらくそればかりを考えていた。辞書を引いてみてもいまいち理解には及ばず、言葉ばかりが独り歩きしている。

心ここにあらずの状態で読み書きの練習をしていると、咲良の側仕えをしているはな子が声をかけてくる。

「どうかなされましたか？　ぼーっとして」

快活な雰囲気を持つはな子は、咲良よりふたつ年上の妙齢の女だ。家令の橘同様に、咲良に対して嫌悪を向けない。

待遇のなにもかもが巴家と異なっていたため、はじめこそは戸惑っていたものの、咲良は次第に慣れていった。

「なんでもございません。申し訳――」

「あー！　だめですだめです！　謝らせるのは禁止って、お坊ちゃまに口酸っぱく言われているんですから！」

はな子は大きく身振り手振りをして、咲良を制する。文机の前で逡巡すると、咲良は俯いた。

「なにか考えごとでも？」

「い、いえ」

「ごまかしはききませんよ～？　いつもすらすらと書いているのに、手が止まっているじゃないですか」

咲良はハッとした。はな子の言う通り、読み書きの勉強がまったく進んでいない。

(聞いてもいいのかしら)

はな子は自分よりも経験豊富だ。咲良が分からない言葉の意味を、きっと知っているはず。

　ペンを置き、背筋を伸ばして向き合う。

「愛するとは、どういったものなのでしょうか」

「あいっ……!?」

　神妙な面持ちの咲良とは相反して、はな子は顔を真っ赤にしている。

　咲良はなぜそうなるのかと首をかしげた。

「いきなりどうして、そのような言葉が出てくるのでしょうか」

「先日、旦那様がおっしゃったのです。『愛してやる』と」

　咲良が答えると、はな子ははくはくと口を開閉する。

「ひゃああああっ！」

　顔を真っ赤にして慌てふためく様子を見て、咲良も狼狽した。

（なにか、気に障るようなことを言ってしまったのかもしれない）

　すかさず姿勢を正して平謝りをしようと試みたが、すんでではな子に止められる。

「違うのです違うのです。これは、つい興奮してしまったというか」

「興奮……？」

「あの鉄仮面のお坊ちゃまが、本当に本当にそうおっしゃったのですか？」

　咲良がこくりと頷くと、はな子はなぜか喜んでいる。そうして、勢いのままに咲良

「まるでロマンス小説のよう……！　堅物のお坊ちゃまが、まさか、まあまあまあ！」

の両手をとった。

「あ、あの」

「女性に興味がおありでないのかもしれないと、一時期は心配申し上げておりましたのに、本当によかった」

「はな子さん、それで……」

咲良は大きく瞬きをして、はな子に訴えかける。ひとまず不快な思いはさせていないようでほっと胸を撫で下ろした。

「〝愛する〟の言葉の意味、ですね」

「はい、どうにも私には分からないのです」

はな子は咲良と年齢が近い。その点でいうと、巴家の千代や喜代も咲良とそう年齢は離れていなかったが、このように親身な会話はできたためしがない。咲良はそれだけで不思議な心地がした。

「とても幸せなことです」

はな子はやんわりと微笑みかけた。

「幸せ……？」

「はい。咲良様が花を丁寧に生けるのと同じように、優しくて温かいお気持ちをまるごと向けることとです」

　咲良ははな子をじっと見つめて耳を傾ける。

「お坊ちゃまは分かりにくいようで、実はとても分かりやすいお人です。咲良様がいらっしゃってから、表情がうんと柔らかくなられました」

「ご迷惑では、ないのでしょうか」

「滅相もない……！　きっと、咲良様をひと目で気に入ってしまわれたのでしょうね」

（そうは仰るけれど、私にはなんの魅力もないのに……）

　咲良は伏し目がちになり、黙り込んだ。

〝愛する〟という言葉の意味を教えてもらっても、咲良には依然として実感が湧かない。

（私には、なんの後ろ盾もない。そればかりか、世にひた隠しにされ続けていた存在だ）

「私は、咲良様のお優しいお人柄がとても好きなのでございます」

「え……？」

「他人を見下さない。悪く言わない。とても謙虚で、礼儀正しい。そういうところを、お坊ちゃまも気に入られているのでしょう」

　咲良はそれでも腑《ふ》に落ちなかった。はな子の言うように、自身ができた人間ではないからだ。

千桜の面汚しとならぬよう、立派な淑女となるべく邁進《まいしん》しなくてはならないというのに、思うように手がつかなくなっている。こうなってしまっては、落胆されて追い出されてしまうかもしれない。

（どうしましょう……）

咲良はそわそわと落ち着かなかった。

表情を曇らせる咲良に向けて、はな子は人懐っこい笑みを浮かべた。

「気になるのであれば、直接旦那様に聞かれてみてはいかがでしょうか」

「それは……！」

豆鉄砲を食らわされたかのごとく咲良が口を開ける一方で、はな子はあっけらかんとしている。

（不躾にもほどがあるのではないかしら）

聞くといっても、いったいなにをどのように切り出せばよいものか。

（いや、私が問いかけていいはずはないわ）

ただでさえよくしてもらっているのだ。これまでなにも返せていないというのに、図々しいにもほどがあるではないか。多忙な千桜に時間を使わせてはならない。

黙り込む咲良相手に、はな子は親身になって寄り添った。

「咲良様、これは、ご自身がどう思われるかは関係がないのです」

はな子のぽってりとした眉が優しく下がった。目尻が細められ、咲良をなだめるようにして話しかける。

「ですが」

「大丈夫。旦那様は、そのようなことで機嫌を損ねたりいたしません」

「……はな子さん」

「それに、他人の気持ちなど、聞かねば誰にだって分かりません。だからこそ、時に踏み込んだ会話が必要なのではないでしょうか」

そう言って、はな子は自分の身の上話をしてくれた。

はな子は東北地方出身であり、十八歳の時、単身で上京する。汽車に長時間揺られたのち、はじめて帝都の地を踏みしめた時の感動はすさまじかったそうだ。

咲良は、たったひとりで遠方で出稼ぎするなど、不安はなかったのかと問いかける。きっと自分だったら、どこかで行き倒れてしまうだろうと思った。とてもじゃないが、はな子のような決断をすることなどできないとも考えた。

「それはもちろん不安でしたよ。たっかいビルなんて、はじめて見たのですから」

はな子は大きく両手を広げて肩をすくめる。

西洋文化が入り混じる街中で、田舎町からはるばるやってきたはな子は浮いていた。

はな子の地元では洋服などは出回っておらず、普段着は着物が主流であったのだ。ぎゅうぎゅうに建ち並んでいる近代的な建物。闊歩《かっぽ》する紳士淑女。行き交う人々に揉《も》まれながら、はな子は職を探した。

レストランの給仕もだめ、呉服屋の見習いもだめ、古書店の店番もだめだった。読み書きそろばんができることがはな子の強みだと思っていた。そのため、会計係にでも使ってほしいと申し出たが、帝都の大人たちは小馬鹿にするように鼻で笑った。

路頭に迷った末にたどりついたのが、小鳥遊家だった。たまたま使用人の求人があり、面接を受ける。

当時、はな子の面接対応をしたのは、千桜本人だった。

はな子ははじめ、表情がぴくりとも動かない千桜に恐れを抱いたという。ましてや華族でエリート軍人の家など、田舎から出てきたばかりの自分にとってはハードルが高すぎたのかもしれないと後悔した。

だが、その印象は次第に薄れることになる。

淡々とした口調ではあるが、これまでのどの面接官よりも、はな子自身を知ろうとしてくれていたのだ。

出会った大人たちは、世間知らずの田舎娘としか見なかった。最後まで話を聞いてくれたためしもなく、軽く一蹴されるのみ。

悔しさとやるせなさで押しつぶされそうになっていたはな子にとって、この千桜との出会いは、人生においてかけがえのない宝物になったという。

「はな子さんは、すごいですね、私にはとても、真似できません」

「私は運がよかっただけです。お坊ちゃまに出会えていなかったら、まともな働き口すら見つからなくて田舎に逃げ帰っていたでしょうから」

眉尻を下げて笑う花子を、咲良はじっと見つめる。それでも、単身で上京するという行動は咲良にとって尊敬に値する。

「私も、はな子さんのように勇気を持てたらどんなによいか……」

「お坊ちゃまは私のような人間の話でも、ちゃんと耳を傾けてくださるお方です。だから、きっと大丈夫ですよ！」

はな子はそっと咲良の手をとり、励ましてくれる。咲良は背中を押されるようにして頷いた。


「ただいま戻った」

「おかえりなさいませ、旦那様」

日が沈んで数刻。千桜の帰宅時に出迎えるのは咲良の役目だ。

「具合はどうだ？」

「はい、おかげさまでとても良好でございます」

千桜はいつもこうして咲良の体を気にかけてくれる。申し訳なさ半分、嬉しさ半分。

ここのところ調子がよいのは、やはり庭先に咲いている桜の木の影響だろう。廊下を歩きながら、無理はしていない旨を伝えると、千桜は優しく目を細めてくれる。

「そのようだな。呪詛が少し薄まっているように見える」

「ほ、本当でしょうか？」

やはり勘違いではなかった。巴家にいた頃はひどい眩暈で何度も倒れかけていたというのに、今はこうして屋敷の中を歩き回れている。

「ああ。だが根源を絶つのが先決だ。お前に接触し、呪った鬼が必ずいるはずだが、なにか心当たりがあれば……」

ほっと胸を撫で下ろすのもつかの間、再び咲良の身に緊張が走る。

(鬼……)

咲良はこれまで、あくまでも空想の化け物だとばかり思っていた。実際に存在しているとは泡を食う気持ちだ。

「でも、そんなものを見たことはないのです」

「ああ、鬼は人間の姿をしているからな。この世に溶け込んでは人間に呪いをかけ、傀儡のように操って世の争いごとを引き起こしているという」

険しい表情で遠くを睨《にら》みつける千桜。

「そんなことがあるだなんて、知りませんでした。旦那様はそれをどこで？」

少なくとも咲良のようなごく一般の市民には、鬼の存在を見破れない。気になって聞いてみると、千桜は前髪をかき上げて左側の龍の瞳を見せてくれる。

「龍からの天啓とやらを受けた」

「天啓……」

「この瞳を持つ者には、大義名分が背負わされる。鬼を滅せよ。世に平和を、とな」

宝石のようにきらきらと輝く桜色の瞳につい引き込まれる。

「勝手に人の運命を強いるなど、ずいぶんと身勝手な龍だ」

千桜は小さくため息をつくと、前髪をもとに戻した。

「私はまんまと龍の思惑通りに動かされているのだろう。こんなものうんざりしていたが、今は役に立っているな」

目を伏せた千桜を見て、咲良は自分の浅はかさを痛感する。

これまで咲良は、千桜をろくに知らなかった。千桜がいったいどんな気持ちでここまで生きてきたのかを推し量ることなく、立派な人だと安直な賛美を送ってしまっていた。

「旦那様は、お強い人なのですね」

「なんだ？　急に」

　ぽつりと呟いてから我に返る。照れくさくなって慌てていると、千桜は眉尻を下げて微笑を浮かべている。

「あの……えっと、私は最初、旦那様の瞳を見た時に、よく知りもせずに〝綺麗〟だと軽薄な感想を述べてしまいました」

　咲良は一瞬黙り込みそうになって、はな子のひと押しが蘇る。勇気を振り絞って伝えた。

「でも旦那様はその瞳を持つことで、さまざまな苦悩をされていた。今この時までに途方もない努力をしてこられたのだなと分かりました」

「……咲良」

　顔を上げると、意表を突かれたような表情をする千桜がいる。

「今はそれを理解したうえで、やはり〝綺麗〟だと思っております。私も、最後まで諦めません」

　千桜の揺るがない意志。定められた運命に苦悩しながらも前を見ている。咲良も千桜のように生きたいと切望した。

「ああ、きっと助けてやる」

　ふっと笑いかけてくれる千桜にこくりと頷く。

（それにしても、鬼らしき人……か）

あらためて心当たりを考えてみるが、これといって怪しい人物は浮上してこない。

「巴家にいた頃は基本的に外出を許されておりませんでしたので、来客がある時を除いて、家の人以外と特に接点をもつこともなく……」

「そうか。だが、見た限りではあの家の者に鬼はいないようだった。お前に強い排斥の感情を向けていたが、あれらはただの人だ」

千桜は思案するように顎《あご》に指を添える。

「そう……ですよね。でも、本当に思いつかないのです。だって外出をしたのも、先日の夜会くらいで」

「カナリアか……」

千桜の瞳はなんでも見透かしてしまうのだろう。咲良には見えない呪詛の類から、人間の心や感情まで。

ふと、咲良は千桜の瞳に自分がどのように映っているのかが気になった。呪詛というのだから、目も当てられないようなものが見えているのかもしれない。

（私と一緒にいて、ご気分を害しはしないのでしょうか……）

千桜は平然としているが、日常生活でもそれらは付きまとってくる。見たくないものも見えてしまう。きっと並々ならぬ負担を強いられているに違いない。

「確かに、カナリアはきな臭い。あのダンスホールの支配人は人前に姿を現さないのだが、別件で軍部でも追っていてな」

千桜は思い当たる節があったのか、険しく眉をひそめた。

「……一度でも接触できればいいのだが」

「でも、私、そのような方と面識はないのです」

夜会の招待状も美代と喜代へ送付されたものだ。巴家の令嬢方の中に、咲良は含まれていない。当然カナリアでそれらしき人物と会話をした覚えもない。

「すまないな。不安にさせたか」

「い、いいえ」

「この話はこれくらいにしておこう。今日は、なにをしていた」

気重になっていると、千桜が話題を振ってくれる。私室までついていき、脱いだ外《がい》套《とう》を預かって壁にかける。

「あっ、はい。読み書きの勉強をしておりました」

「お前はいつも勉強ばかりしているな。あまり根を詰めすぎるのもよくない。たまにはのんびり休め」

「休むなど、とんでもございません。調子がよい時に覚えなければ。物覚えが悪く、まだ書けない漢字がたくさんあるのです」

咲良は十三歳の頃、漢字が読めずに美代や佳代に笑いものにされたことがあった。姉たちは、咲良を華族の令嬢たちが集うサロンに連れ出すと、複雑な漢字が書かれた書物を押しつけて音読をしろ、と命じた。

当然、咲良はそれを読めなかった。挙句の果てには『私たちの命令を無視するの？』と責め立てられる。咲良はひらがなの箇所のみを読み上げるしかなく、見世物同然に指をさされて笑われたのだ。

咲良自身が蔑まれるのはかまわない。しかし、咲良を迎え入れた小鳥遊家や千桜本人まで笑われてしまうようであれば、申し訳が立たない。

「熱心なのはよいが、きちんと休憩はとるように」

「はい」

ボタンをすべて外し終え、背中に回って軍服を脱ぐ手伝いをする。壁にかけてあったハンガーを手に取り、丁寧にかけた。

「それから、ただ文字を覚える……というのもつまらんだろう。小説を読んでみるといいと思うのだが」

ワイシャツ姿となった千桜は、書斎の本棚から数冊書物を取り出した。咲良はそれを受け取ると、じいと食い入るように見つめる。

「小説……」

「新品でなく申し訳ないのだが」

「あ、あの、本当によろしいのでしょうか」

「ああ。それはもう何度も読んでいて、内容は記憶している」

咲良は小説を胸に抱きしめる。なぜか、千桜が読んでいたものだと思うと、心が温かくなった。そしてよりいっそう咲良の中で疑問が生まれる。

(旦那様は、どうして私などにこんなにも親切にしてくださるの)

小鳥遊家に嫁ぐことになり、咲良の生活は一転した。

簡単に謝るな、ちゃんと休め、と千桜は言う。

それをすぐに受け入れるのは難しかったが、少しずつ、少しずつ、咲良の考え方や行動が変わりつつあった。

『私がお前自身の分まで愛してやると誓おう』

ふと、千桜が以前伝えてくれた言葉が浮かんだ。

咲良は何度か口を開いては閉じるを繰り返す。

『ご自身がどう思われるかは関係がないのです』

『他人の気持ちなど、聞かねば誰にだって分からないものです』

はな子の温かな声かけが脳裏をよぎった。咲良は勇気を出して、口を開く。

「あの……」

胸の下でぎゅっと手を合わせる。

「ん？　どうした」

千桜の視線が向けられ、どきりとした。

「ずっと、お聞きしたいと思っていたのです」

小説を胸に引き寄せ、唇を結んだ。

「おこがましいのは承知のうえで、その……」

「かまわない。言ってみなさい」

切れ長の目がすっと細められる。

「旦那様は、なぜ私などにここまでよくしてくださるのでしょうか」

「…………」

千桜は咲良の口から言葉が吐き出されるのを、静かに待ってくれている。

「〝忘れられなかった〟とは、〝愛する〟とは……どういう意味なのでしょうか？」

咲良は何度も考えてみたが、分からなかった。辞書を引いても、言葉だけが独り歩きするのみだ。

ゆえに、どうすればよいか困惑する。もっと頑張らねば、役に立たねばと焦ってしまう。なのに、ふとした時に心地よさも感じるようになっているのだ。

汚れた自分などが、このような感情を抱いてはならぬのに。手渡してくれた小説を手放せないのだ。

千桜は、咲良の想いに応えるように口を開く。

「私は軍人としての正義は貫くが、善人というわけではない。なんとも思わぬ相手を労ったり、無条件に家に招き入れたりしない。お前は覚えていないかもしれないが、実は私と咲良は昔会ったことがあるんだ」

「え……？」

過去を懐かしむように目を細める千桜。咲良はぱちぱちと瞬きをした。

「もう十三年ほど前だろうか。龍の瞳の制御ができず、我を忘れて力が暴走したことがあった」

「十三年前……」

咲良はふとこの家で倒れた時に見た夢を思い出した。こっそりと巴の邸宅を抜け出して、森の中を歩いていた。そこで傷ついた龍を見つけたような。

「私の心と体は龍に飲み込まれ、家の者を多く傷つけた。瞳が暴走し、龍の姿になった私は、周囲の抑制を振り切って屋敷を飛び出した。森の中でうずくまっていたところに現れたのが、咲良、お前だったんだ」

「龍……かなり曖昧ですが、覚えはあるような……でも、どうして私だと？」

思い起こしてみると、ぼんやりとであるが、神秘的な龍を目にした記憶がある。だが、当時は幼かったこともあり、あれは幻かなにかだと勝手に思い込んでいた。

「カナリアで歌っていた唄を、あの時も聞かせてくれただろう。どこかで聴いたことがあるとは思っていたが、お前の名前を知って確信に変わった」

「名前……」

　ふわりと浮上してくる記憶。そうだ、この桜の瞳を、過去に私は見たことがあった。

『さくら。ともえ、さくら』

　幼い頃から巴の姓はみだりに明かしてはならないと言われていたのに、千桜に名を告げてしまったのだった。

「あの日、我を失っている私に向かって、お前は声をかけてきた。怖くない、大丈夫だと」

　千桜の桜色の龍の瞳がきらきらと光を帯びる。

「化け物となった私を恐れることなく、お前だけは、優しい言葉をかけてくれた。そして、あの唄を歌ってくれたのだ。聴いているとどうしてか穏やかな気持ちになった。なぜか、目の前に満開の桜が咲いて、私の意識の中に入ってきた。綺麗だった。どうにも愛おしく思って……そうしているうちに、己を取り戻すことができたんだ」

　あれは母親から聞かされていた、ただの子守唄だ。それが千桜を助けるきっかけになれたのなら嬉しいと思う半面、動揺が隠せない。

（あの龍がまさか旦那様だったなんて……）

一歩間違えれば、人間の姿に二度と戻れなくなっていたところだったのかもしれない。神の力をその身に宿す千桜は、並々ならぬ苦労をしてきたに違いない。

「私はあの夜にお前と再び巡り合い、おそらく、本能的に惹かれた。虚言ばかりが飛び交う腐った世であろうと、美しく、そして優しく咲いている花のようなお前に見とれていたんだ」

「旦那様……」

「なぜ泣いていたのか、なぜこうも強い呪詛が憑いているのか、今にも死にそうなお前を放っておけなくなって、身内の者に探させた。名を知ったのは、それからだ」

まっすぐに揺るがない瞳を前にして、温かい感情が胸にくすぶる。千桜を想うと、自身に絡みつく邪悪なものが少しずつ消えていく気がする。

「毎日を懸命に生きるお前を、私は大切にしたいと思っている」

「…………」

言葉が出てこない。ここに自分を必要としてくれる人がいる、と胸を打たれた。

「強引なやり口だった、とは反省している。だが」

淡々と言葉を並べ、千桜はゆっくりと右手を伸ばした。咲良の艶やかな髪に触れると、壊れ物を扱うように指を通した。

「見返りを求めないのも、一日の頑張りを労うのも、すべてはお前を愛しんでいるからだと分かってくれると嬉しい」

咲良は形容しがたいむずがゆさを覚える。風邪をひいているわけでもないのに、頭がぼうっとする。

これはなんだ。温かく心地がいい。逃げ出したいような、そうしたくないような。はじめての感情に困惑する。

「できれば、一度で理解してもらえると助かるのだが」

そう何度も口にできるものではない、と千桜は軽く咳払いをした。

「は……い」

咲良はどうにも落ち着かずに俯いた。

「…………」

「…………」

互いに黙り込むこと数分。

咲良はそわそわと指を合わせ、千桜は小さく咳払いをする。何度か口の開閉を繰り返した末、沈黙を破ったのは千桜だった。

「その、なんだ。今夜はすき焼きだそうだ」

「すき焼き……」

顔が少し熱い気がする。変に意識をしてしまって恥ずかしくなった。

「早いところ飯にしよう。お前も支度をしてくるといい」

「は、はい」

咲良も千桜もたどたどしく距離をとる。

慌てて千桜の私室を出ると、台所からだしのきいたよい香りが漂っていた。

＊

千桜から小説を渡されたのち、咲良は寝る間も惜しむほどに読書に没頭した。読めない漢字ばかりで辞書を引きながらではあったが、はじめて触れる物語というものに咲良は形容できぬ心地を得ていた。

千桜から手渡された小説は、どれも純文学であった。優しい……だが、人間性の根幹や社会観念を冷静に突き詰めている。

当初は識字能力を高めるためにただ文章を読み解いていただけであったが、次第に小説を通じて千桜の顔を思い浮かべるようになった。

なぜ、ここで千桜の顔が浮かぶのか。咲良の役目は、千桜にふさわしい妻となるべく、日々精進することである。文字をいち早く覚えなければならないというのに、頁《ページ》をめくる手が止まる。

（これでは、申し訳が立たないわ……）

それでも咲良は文机に向かいながら考えてしまう。

巴家の下女をしていた時にはなかったことだ。家じゅうの掃除も、炊事の準備も、主からの無理難題な注文も、咲良はなんの感情も抱かずにこなしてきた。その間に主の顔が浮かぶなど、一度だってなかった。

小説を読んでいると、千桜の心に近づけているような気がするのだ。最近ではもっぱら、そのために文字を覚えようとしている。

「咲良様、少々よろしいでしょうか」

小説を読む手を止めていると、襖の向こうから声がかかる。

「はい、どうぞ」

本を閉じて体の向きを変える。ゆっくりと襖が開くと家令の姿があった。

「お坊ちゃまから、こちらを咲良様に……と」

咲良は、家令から手渡された紙の小袋を見つめる。

「旦那様から私に、ですか？」

「はい。ちょうど屯所に立ち寄る予定があったのですが、その際にお預かりしまして」

「これは……いただいてよいものなのでしょうか」

咲良が尋ねると、家令が首を縦に振った。

「もちろんです。そう堅くならずに、包みを開いてみては？」

以前であれば、申し訳なくて受け取るのも憚られた。身の程知らずであるから、とためらいもなく頭を下げていただろう。

だが、今の咲良には言葉では表現できない不思議な感覚が居座っている。

温かく、むずがゆい。熱などないのに、ほんのりと体が熱くてまるで地面に足がついていない。

咲良は家令に促されるまま、包みにハサミを入れる。

中に入っていたのは、桜柄の栞《しおり》だった。

「あの……これは」

咲良は動揺しつつ、家令の顔をうかがった。

「素敵ですねえ。きっと、咲良様にと選ばれたのでしょう」

しげしげと栞を見つめる家令。

「ですが、お坊ちゃま……こういうものは直接渡すべきでしょうに。照れくさかったのでしょうか」

「あ、あの……私、本当に受け取ってしまってよいのでしょうか」

手に持った栞を眺めると、胸の奥がじんわりと温かくなった。身の丈に合っていないものだと頭では理解していても、手放せないのだ。

「どうか、日々のおともに使ってさしあげてくださいませ。ああ、それはそうと咲良様はあと一週間ほどで十八歳の誕生日を迎えられるのでしたねえ、盛大にお祝いをしなくては」

家令ににっこり微笑まれ、咲良は気恥ずかしくなった。家令に言われるまですっかり忘れていた。

「そうそう！『水月堂《すいげつどう》』のケーキを注文しておかねばなりませんね。帝都で一番おいしいと有名なお店なのですよ」

「け、ケーキ、ですか？」

「ええ、お坊ちゃまやはな子も、咲良様の誕生日をお祝いできることを楽しみにしております」

気恥ずかしいような、申し訳ないような心地がする。

小鳥遊家の人たちの役に立てていないというのに、こんなよい思いばかりしてしまってもいいものなのか。見返りは求めていないと言われたばかりだというのに、うじうじと同じ思考ばかりが巡る。

すると、家令が文机の上に並んでいる書籍へと視線を向けた。

「ああ、その小説は……お坊ちゃまが尋常小学校に通われていた頃から大切に読んでいらしたものですねえ」

懐かしげに目を細める家令に、咲良はハッと肩を震わせた。

「そうだとは知らず、長々とお借りしてしまって……どうしましょう」

本の角は何度もめくった跡があった。だが、元来千桜は物を大切にする性格であるのか目立つ傷みなどはなかったため、余計に気がつかなかった。

咲良が狼狽すると、家令は静かに首を振った。

「気に病む必要などございませんよ。お坊ちゃまは、咲良様だからお貸しになられたのでしょうから」

「私……だから？」

家令の目尻に皺が寄る。

「ええ、そうです」

咲良には意味が分からなかった。千桜の大事なものが咲良の手もとにあっていいはずがないのに、なぜ家令は優しげに笑うのか。

栞をぎゅっと握り、咲良は黙り込んだ。

「お坊ちゃまは幼い頃から本ばかりを読んでおられました」

家令は穏やかに目を細めて天井を見上げた。

「旦那様や奥様とは疎遠でいらっしゃいましたから、基本的にはお部屋に籠りきりで。

また、他人に心をお許しにならないので、お友達と遊ばれる機会もございませんでした」

であれば、ことさらに大事なものではないのだろうか。

しかし咲良の考えとは裏腹に、家令は穏やかな表情を浮かべている。

「人は、自分が大切にするものを、大切に思っている人と共有したいと考える生き物なのですよ」

咲良は家令をじっと見つめる。ひとつひとつの言葉を噛《か》みしめ、心の中で反芻《はんすう》する。

「本当に……ご迷惑ではないのでしょうか」

「ええ」

「本当に……よろしいのでしょうか」

「ええ」

無色透明であったはずの咲良の心。それが色づく感覚がある。波風ひとつ立たなかったはずの咲良の中でぶくぶくと膨れ上がってゆく得体の知れぬもの。

『愛しんでいる』という言葉に、自分はなんと返せるのか。

咲良は栞を胸に抱きながら、一日中そのことばかりを考えていた。

第三章　欲望と悪意

一

「またカナリアで夜会……か」

千桜は屯所の執務室にて嫌悪の表情を浮かべる。職場まで招待状を送りつけてくる図々しさ。

趣味の悪い装飾が施された封筒を机上に置き、きつく睨みつける。

(あの場所は、下賤な連中の巣窟だ)

龍の目を持つ千桜の視界には、呪詛だけでなく相手の思惑も映り込む。喜怒哀楽から本音まで。人間の感情は綺麗なものばかりではない。醜く浅ましい色が混ざり合っている様子は、見ていて気分が悪くなる。

そのため千桜は社交場を好ましく思っていないのだが、最近は監視する意味を込めて夜会にしばしば出入りをしている。

本音と建て前が混ざり合うカナリアは、綺麗な小鳥を思い浮かべる余地もないほどに、汚い色が混ざり合っている。本来であれば一秒たりともその場に身を置いていたくはないのだが、あの場所では少々きな臭い動きもあった。

最近では貴賓室に隠れて、政治的陰謀を巡らせている人間が多くいると聞く。総理大臣に批判的な一派が暴徒化しているため、もし現在の政権が崩れでもすれば、この国の未来は大きく傾くことになるだろう。

そういった意味もあり、密会の場として使用されやすいカナリアを野放しにできない。

（それに、咲良の呪詛のこともある）

直近で起こっている不穏な事件のもとをたどると、だいたいはカナリアにたどり着く。呪いをかけた鬼がいるとすれば、あの趣味の悪いダンスホールが怪しい。

（咲良を連れてゆくのは気が進まないが、もう一度あの場に行けばなにか思い出すかもしれない）

眉をひそめて考え込んでいると、扉の向こう側が騒がしい。常駐する屯所はその日、人の往来がいつになく多かった。

「小鳥遊少佐、おはようございます。本日の朝刊はすでにご覧になられましたでしょうか！」

千桜の執務室の中で直立している男は、山川《やまかわ》副官である。角刈りの頭と太い眉が目立つ、千桜の忠実な部下だ。

千桜は氷のような瞳を一度だけ向け、「ああ」とひとつ返事をする。

「またしても、総理大臣支持派の議員が不審死を遂げたとのことです！」

「今月でふたり目か……」

「はい……。それから、この頃は軍上層部でも過激な発言が目立つようであります」

「上の言い分には呆《あき》れ果てているところだ。このままゆけば、意味のない戦争が起こる」

朝刊には、総理大臣派閥に属している衆議院議員が自宅で何者かに殺害された内容が記されている。

ここ最近はとくに、政財界の要人――衆議院議員の不審死が相次いでいる。そのどれもが民主主義的意見を掲げる者ばかりであり、千桜は裏で糸を引いている人間がいるのではないかと踏んでいた。

明治憲法下の日の本において、帝国議会を構成する上院に貴族院が設定されている。貴族院は、貴族院令に基づき、皇族議員、華族議員及び勅任議員で構成されていて、解散がない。

任期七年の者と終身任期の者がいるが、下院にあたる衆議院とは同格の関係にあり、かつ、予算決議権は衆議院にあった。

最終的な議決決定権は衆議院にあるものの、帝政は揺るがない。

相次ぐ衆議院議員――それも総理大臣支持派閥の不審死には、なにか裏がある。

「衆議院議員の佐藤《さとう》氏についてですが、不審死を遂げる一週間前にカナリアに出入りをしていたようであります」

「そうか。やはりか……」

山川の報告を受け、千桜は眉をひそめる。過激派の者たちには決まって鬼の呪詛が浮かんでいる。加えてカナリアに頻繁に通っているという共通点が浮き彫りになると、単なる偶然では片付けられない。

「近頃ではサロンが流行っておりますし、意見交換をするどさくさにまぎれて接触があったのでしょうな……」

千桜は朝刊を広げ、鋭い視線を向ける。

(まったくもって趣味が悪いな)

議員が不審死を遂げた現場には共通して一輪の黒薔薇が置かれている。

まるで、自分を探し出してみろと言わんばかりの自己主張だ。推理小説の黒幕にでもなったつもりか。

このようなもの、軍人である千桜が追いかける必要もないのだろうが、近頃の帝都警察がまったく機能していないのだ。新聞で総理大臣支持派の不審死が報じられようと、一線を引いている。捜査の手をあからさまに緩めているのは明らかだった。

ついに警察の上層部まで腐ったか、と千桜は大きなため息をついた。

「どうにかして貴賓室に潜り込めたらよいのだが。軍人は警戒されるのも当然か」

さまざまな思惑、劣情、欲望が渦巻いている社交場は、鬼に利用されやすい。過激派はおそらく、呪詛によって感情を煽りたてられているのだろう。

「少佐のお姿があると、辺りに緊張感が走るのでしょうな」

「どうだか。……それにしても、なかなかしっぽを出さない」

「思うに、やはりあの〝黒薔薇伯爵〟が一枚噛んでいるのでしょうか」

黒薔薇伯爵。本名は黒薔薇嶺二《くろばられいじ》。

自称華族としているが正式な登録はない。国会議員や軍人の道を進んでいなければ、表にも顔を出したことがない謎が多い人物。貿易会社を数多経営する傍らで、趣味の一環でダンスホール・カナリアの運営をしている。

素性のつかめないこの支配人こそが、もっともきな臭い。

「だろうな、このまま野放しにはしておけない」

「そうですね……」

執務机の上に新聞を置き、千桜は再びため息をついた。

「自分のほうでも、引き続き調査を進めてゆく所存でございます！」

「ああ、すまないな。くれぐれも気をつけるように」

山川は敬礼をすると、執務室から出ていく。山川を一瞥して、千桜は椅子から立ち上がった。

午前は訓練がある。午後には飛行場への視察を控えている。

傲慢な化け物がどこかにひそんでいる。人間を操り、争いを助長させる。そこにあるのは単なる快楽だ。

(黒薔薇嶺二……必ず、お前の正体を突き止めてやる)

千桜はぎり、と拳を握り、執務室を後にした。

◇

「夜会……でしょうか」

朝餉の時間帯。咲良は、膳を挟み向かいに座っている千桜を見つめる。千桜は毎朝飲んでいる白湯を膳の上に置くと、重々しくため息をついた。

「明日カナリアにて開催されるようだ」

今日の朝餉は、大根と豆腐のみそ汁に、さばの煮つけ。漬物、白米。咲良は何度も炊事の手伝いを申し出たが、ことごとく却下されてしまった。ゆえに朝は手持無沙汰になる時が多々ある。

しかし、よくよく考える。

咲良が炊事を担当したとして、普段と比べて味が落ちてしまうのではないか。ならば、粗末な料理を千桜に口にしてもらうのは忍びない。このままおとなしくしておくべきだ。

だが、万が一、咲良が作ったものを喜んで口にしてくれたら……とそこまで考えて、慌てて頭を振った。

「カナリア……私も参加してよろしいのでしょうか?」

咲良は持っていた箸を置き、ぴんと姿勢を正す。

「正直気は進まないのだが、あの場にもう一度行けば、なにか思い出すかもしれないと思ってな。怖ければ無理をしなくていいが」

「い……いえ、旦那様さえよろしければ、私は……」

咲良はぎゅっと唇を結ぶ。

自分に呪詛をかけた者が潜伏しているかもしれない場所。それだけでなく、これまで虐げてきた千代や喜代もいるかもしれない。華族たちの冷たい視線を思い出して、身がこわばる。

「私がそばについている。覚えのある顔があれば、私に教えてくれればいい」

「そう……ですよね。このままでは、いられない」

「ああ。ここでの生活で呪詛が薄まっているとはいえ、お前はまだ危険な状態だ。嫌な場所だとは思うが、少しだけこらえてくれるか」

千桜は咲良を安堵させるように目を細めた。手のひらの温かさを受けて、不安な気持ちが落ち着いた気がする。

「で、ですが、どうしましょう。私はよそ行きのドレスは持っていないのです」

ふと、咲良は姉たちに連れられた夜会での出来事を思い出した。モダンなドレスで飾られた婦人の中で、地味な着物姿である咲良は浮いていた。皆からの嘲笑を一身に浴びたのだが、そんな恰好で千桜の隣に並ぶことはできない。

「衣装なら、すでに似合うものを仕立てさせてある」

「そんな……ご準備いただいているなんて、申し訳ないです」

とっさに首を振る咲良を見て、千桜は眉尻を下げた。

「もうすぐ十八歳の誕生日を迎えるだろう。ここはひとつ、私に贈らせてくれ」

あらためて言葉にされると、そわそわと落ち着かなくなる。

「そ、その、以前にも栞の贈り物をいただいてしまったのに、ドレスまでよろしいのでしょうか？」

ひょっとしなくとも、咲良はもらいすぎな気がする。日々親切にしてくれる千桜へ感謝の気持ちを返したいと思うのは、ごく自然なことだ。

「ああ、あれはその……偶然街で見つけて、だな。あのようなものは贈り物とは呼べないだろう」

千桜はどことなく居心地が悪そうに視線を逸らす。歯切れが悪い様子を咲良はじっと見つめた。

「ありがとうございました。いただいた栞は、大切に使わせていただいております」

なにか伝えねばならない。このような気持ちを抱くのははじめてだ。

千桜と出会って、灰色の世界は次第に色づいていく。

「不要であれば、捨てておいてくれてかまわなかったのだが」

「そっ、そのようなことはございません！」

千桜がこほんと咳払いをすると、咲良は間髪入れずに弁解する。

「そ、そうか」

しばし沈黙が流れる。両手を胸の前で合わせ、そわそわと落ち着かない。大きく息を吸って、咲良から沈黙を破った。

「あの、私……旦那様にふさわしい淑女となれるよう、頑張ります」

意匠のドレスが自分にはもったいないと感じるのは本当だ。華族社会の中でうまく立ち回れるか、不安がないと言ったら嘘になる。

だが、こんなにも自分を気遣ってくれている人に応えたい。たくさんの温かな感情をくれる千桜に返したい。

「もうずいぶん頑張っていると思うのだが」

「い、いえ、私自身がこのままではだめなのです」

呪詛のことも、千桜に頼ってばかりではいられない。少しでも手がかりがあるのなら、自分の力で鬼の存在を探さなくては。

咲良の気持ちを汲《く》み取ったのか、千桜はふっと口角を上げる。

「そうか……だが無理はするなよ」

「はい」

運命に翻弄されながらも、強く生きている千桜のようになりたい。

千桜を想えば想うほど、呪詛に抗う力が湧いてくるような気がした。

◇

「こんばんは、ご婦人。今夜はいい夜ですねえ」

満月が雲から顔を出す。帝都でまばゆい光を放つダンスホール・カナリアで、男は女に声をかけた。バルコニーでワイングラスを持ったまま、女は振り返る。

「まあ……これはこれは！」

「なにやら思いつめたご様子だったもので、つい声をかけてしまいました」

男は闇の中から姿を現すと、うやうやしく頭を下げる。

女は苛立っていた。愛娘たちの縁談が思うように進まず、亭主には己の発言を軽んじられ、まったくもって矜持が満たされずにいたのだ。

いや、そもそもの発端はそれではない。納得ができない。許せない。受け入れがたい。もとはといえば——とそこまで考えかけたが、男の姿を視界に入れた瞬間に、女の瞳にはたちまち歓喜の色が宿った。

ダンスホール・カナリアは眠らない。

単なる上流階級の社交場という意味合いだけでなく、要人たちの議論の場となることもあれば、帝大の学生向けのサロンが開催されることもある。また、時として他人に打ち明けられぬ秘密の会合の場としても使用された。

今夜もまた、上品なワルツの中にいびつな思惑が渦巻いている。

「このような素敵な場所で、なんとお見苦しいところを……大変申し訳ございません」

「そういうわけではないのですが、少し心配だったもので。あなたは確か……巴藤三郎氏の奥様であられますね？」

男が尋ねると、女はぴんと背筋を伸ばす。カールしている前髪をしきりに整え、落ち着かない様子だった。

「はい、巴藤三郎の妻、美代でございます」

女——美代は、ワイングラスをテーブルに置いて男と向き合った。男は目尻をゆっくりと下げると、心の隙間に入り込むがごとく優しく囁《ささや》きかけた。

「藤三郎氏には、日頃よりよくしていただいております」

「まあ……」

「ですから、その奥方がため息をつかれているなんて、心が痛んでしまいますねえ」

満月が浮かぶバルコニーで、陰の中に立つ男の瞳が怪しく光る。

重厚感のある演奏が怪奇な空間を作り上げた。ゆらり、ゆらり、足もとにひそむのは、暗闇だ。

「なにかお悩みごとでも……？　よろしければ、私がお聞きいたしますよ？」

男の目が三日月形にゆがんだ。

二

土曜日の夜二十時を回った頃、咲良は姿見の前に立ち、しきりにそわそわしていた。

「に、似合っていないのではないでしょうか」

「そんなことはございませんって！　とてもお綺麗ですよぉ～！」

咲良の訴えを、はな子はおおざっぱに笑い飛ばした。

笑いごとではない。咲良にとっては死活問題だというのに、はな子は楽天的だ。背後から姿見をのぞき込むと、きゃっきゃとはしゃいで両手を合わせている。

　咲良は鬱々とした気持ちで姿見へと視線を向けた。

　肩回りがざっくりと開いている紅色のドレス。後ろでひとつにまとめられている髪。はな子に施してもらった化粧。普段はこのような恰好をしない咲良にとって違和感しかなかった。

「で、でも、せめてもう少し首回りがつまったものなど……」

「なにをおっしゃっているんですか！　今はそのくらい大胆なドレスが流行りなんです」

「あ、あの、ですが旦那様はきっと、あまりこういうものはお好きでないのでは……」

　仕立てられたドレスは極上だった。だが、咲良からすると華やかすぎる。

　肩回りが落ち着かず、空気が直接肌に触れてそわそわする。化粧も似合っていない気がする。髪が後ろでまとめられているせいで、みすぼらしい顔を隠せない。

　早く支度を済ませなければ。千桜を待たせてしまっている。

　そう思いつつも、部屋から一歩も出られない。巴家で下女をしていた頃は波ひとつ立てなかった咲良の心だが、これはなんの音か。心の臓が大きく打ち立てて、息が苦しい。

「きっとお喜びになります！　むしろ、今の咲良様をお嫌いだと思われる男性などいないですって！」

　はな子は有頂天な様子で咲良を褒めたたえる。

「で、でも」

「大丈夫大丈夫！　ほら、お坊ちゃまにお披露目しましょう！」

　咲良はあれよあれよと背中を押され、部屋の外へと連れ出された。千桜の私室前に立つと、はな子の快活な声が響く。

「お坊ちゃま、咲良様のご準備が整いましたよ」

　咲良はそのひと声にひどく動揺した。とっさに俯き、床を見つめる。

　襖が開く音が聞こえると、咲良の胸の音は最高潮に高鳴った。

　恐る恐る顔を上げる。真っ先に飛び込んできたのは冷たい氷のごとき瞳だ。

　左側に流れている前髪以外は後ろでひとつにまとめられた、糸のような紺桔梗。社会的威厳を示す軍服をまとう千桜の姿をしっかりとらえると、静かに視線が絡み合った。

「あ、あの」

　咲良ははくはくと口を開け閉めし、千桜の反応を待つ。しかし切れ長の目を細めたまま、千桜は微動だにしない。

　やはり似合っていないのではないか。

「お坊ちゃま、なにか言ってさしあげたらどうなんです？」

「……あ、ああ」

ともすれば、千桜ははな子の問いかけにハッとし、軽く咳払いをしたのち、言いにくそうに視線を逸らす。

「綺麗だ。その……よく似合っている」

咲良は生きた心地がしなかった。先ほどまで不安で押しつぶされそうになっていたのに、今度は一転して沸騰したように体が熱くなる。どうしたものか。風邪などひいていないのに。

「本当でございますか？　み、見苦しくはないでしょうか？」

「そんなわけがあるか」

しばらく沈黙が流れる。はな子はクスクスと笑って、少し離れた場所から見守った。

「急に連れ出すことになってすまなかった。体に無理があれば、いつでも私に言え」

「は、はい」

華族が集まるダンスホール・カナリアで、千桜の面子《メンツ》を潰さぬような振る舞いができるものなのか。咲良には正直なところ自信がなかった。

もともと下女として働いていた咲良には、教養の欠片も蓄積されていない。小鳥遊家で生活するようになってから、かろうじて身についただけのこと。専門的な質問が飛び交ったのなら、間違いなく咲良はついてゆけないだろう。

それだけでなく、美代や姉たちと対面をした時になんと罵倒されるものか。咲良のせいで千桜の評価が下がることだけは避けたかった。

「大丈夫だ。お前はこれまで稽古事によく励んでいた。所作のひとつをとっても申し分ない」

「そ、そう……でしょうか」

不安な気持ちを払拭するように、千桜は声をかけてくれる。

「ああ、あの場では誰の声にも耳を貸さなくていい。いちいち聞いていては耳が腐る。私の隣でただ凛としていなさい」

「……耳を貸さない？」

聞き返せば、千桜が横目を向ける。ただ隣にいるだけで本当によいのだろうか。そんなはずはない。咲良の中で問答が繰り返された。

「旦那様に、ご無理はないのでしょうか？」

「私がか？」

「はい。その……以前にその瞳には人の心も映るとお聞きしたので、あまりにたくさんのものが見えすぎると、ご気分を悪くされるのではないかと」

ふと、咲良は自分のことばかりになっていたと気づく。千桜も本来であれば、社交場を得意としていないはずだ。

「慣れているから気にするな。これまでにうんざりするほど見てきているからな」

「ですが……」

「お前もなにか覚えのある顔があれば、すぐに教えてくれ」

千桜は咲良を安堵させるように微笑んだ。

助けられてばかりではいられない。自分にできることを頑張ろう。咲良はぎゅっと唇を結び、弱音ばかり吐いていた自分を律したのだった。

帝都に構えたダンスホール・カナリアは、ひと際豪奢《ごうしゃ》に輝く。可憐にさえずる愛玩鳥から到底想像もつかない華やかさだ。

千桜のエスコートにより自動車から降りた咲良は、いつかの夜と同様にほうと見上げてしまった。

「まあ……御覧なさい、小鳥遊様よ……！」

「あらあら！　なんて素晴らしい夜なのかしら」

端正な顔立ちに、すらりとした背丈を兼ね備えている千桜は、帝都の街ではよく目立つ。女たちの歓喜の声を耳にして、咲良は肩をすくめて俯いた。

やはり、自分のような地味な娘が隣に立ってはいけないのかもしれない。普段、屋敷で過ごしているだけの咲良は、外の世界の現実を突きつけられた気持ちになった。

すると、そっと隣から右腕が差し出される。ゆっくりと顔を上げると、冷え切った瞳が向けられている。

「誰の言葉も信じなくていい。ただ私だけを信じていなさい」

「……はい」

だが、かけられる言葉のひとつひとつはこれほど優しい。

千桜のエスコートを受けて、咲良はエントランスへとつながる階段を上った。千桜が歩みを進めると、人の間に道が生じる。

燕尾服やドレスを身に着けている者がほとんどである社交場で、帝国陸軍の軍服はよく目立つ。賑《にぎ》わっていた空間に緊張感が走り、背筋が伸びる心地がした。

「これは珍しい。小鳥遊少佐殿ではないか」

「隣に連れているお嬢さんは、いったい……」

「縁談はことごとくお断りになられていたのではなかったか？」

「うちの娘も、会ってもいただけずに一蹴されたぞ」

「まさか……あり得ない。どこの御令嬢だ？」

華族の者たちからの視線が突き刺さる。

興味関心といった類から外れた、妬み嫉みの感情。咲良はこういった薄暗い感情を向けられることに慣れていたが、その影響が千桜にも及ぶのかもしれないと思って少し怖くなる。

（いけない。頑張るって約束したのに）

これでは胸を張れているとは言えない。千桜の足を引っ張ってしまう。それではいけないと自分を奮い立たせて前を向く。咲良は千桜の腕をとり、メインホールへと進んだ。

千桜が姿を現すなり、会場の空気ががらりと変わる。服装を正し、気を引き締めるそぶりをする者もいた。

千桜は辺りを静観すると、二階席へと咲良を連れていく。

「あの」

朱色の布が張られた椅子に腰かけ、咲良は千桜に声をかけた。

「私のことはどうかお気になさらず。きっと、ご用事があるのでしょう？」

問いかければ、重々しいため息が聞こえてくる。

「用事は大方、今済ませている」

「え……？」

「お前にかけられた呪詛の手がかりを探ることと、このくだらん夜会の偵察だ」

二階席はメインホールをよく見渡せる。また逆も然りであり、メインホールで談笑を楽しんでいたはずの華族たちはしきりに千桜の目を気にしているようだった。

「私は、お前を隠しておくつもりはない」

「……旦那様」

「薄汚れた連中のために、後ろめたさを抱きながら生きていてほしくはないのだ」

上質なワルツの生演奏がやけに耳にまとわりつく。

ちらちらと向けられる無数の視線。歪曲《わいきょく》された感情。一般庶民などは決して手が届かない天上の世界ではあるが、なぜか息が詰まる。ここにあるのは、純粋無垢な感情ではない。それくらいは咲良でも理解できた。

なぜ、うまく振る舞えないのだろう。不安や恐れなど消し去るべきなのに。

咲良は千桜を思えば思うほどに、己の力では制御できぬ感情に支配されてしまう。

「偉そうにしていろ、というのではない。人間として生きるうえで最低限の矜持の話だ」

「……はい」

「だが、すまないな。このような場はうんざりするだろう。長居をするつもりはないから、しばし辛抱してくれ」

そう言って、千桜は冷たい視線をメインホールへと向ける。

中央では優雅にダンスを踊っている紳士淑女たち。ばらばらと散っている者は、おのおの酒を愉しんでいるようだった。

（なにか、なにか。お役に立たねば）

そっと左眼に手を添える千桜を見やる。やはり気分が優れないのだろうと思い、立ち上がった。

「今、なにか飲み物をいただいて参ります」

水がよいだろう。給仕に声をかけるために出向こうとしたが、すんでで千桜に止められた。

「いや、いい」

「ですが」

「ここで提供されるものは、あまり信用できない」

咲良には言葉の意味が分からなかった。

「お前のそばを離れるつもりはないが、万が一、誰から勧められてもいっさい口にするな」

咲良はこくりと頷き、椅子に腰かける。

そういうこととは知らずに余計な行動をとってしまった。

しかし、飲み物や食べ物が信用できないとはどういう意味なのか。メインホールでは、紳士淑女が優雅に酒を酌み交わしているではないか。

ここは帝都随一のダンスホール・カナリア。誰もが憧れるはずの社交場で、ただの水でさえも信用できないとは、いったい……。

それきり千桜は口を閉ざし、詳細を説明しようとはしなかった。

千桜が話さない内容を、咲良が無理に聞く必要はないのだろう。

とくに会話もないまま席に座っていると、咲良と千桜のもとに歩み寄る者がいた。

「普段見かけぬ顔があると思えば、小鳥遊ではないか」

千桜と同じ軍服を着た、四十代くらいの男。

吊り上がった眉尻に、力強い眼光。野太い声は、いくつもの死線をくぐり抜けてきたと言わんばかりの貫禄がある。襟章を見るに、階級が相当に高い人物であるとうかがえた。

「……東雲《しののめ》中将、ご無沙汰しております」

千桜はいっさいの無駄を感じさせない身のこなしで礼をとる。

中将となれば、格上の存在だ。だが、千桜の目に敬意の色は浮かばない。そればかりか、冷淡に目を細めている。

「貴様のような社交嫌いが珍しい」

「軍人たるもの、自制すべきかと。あまりに夜会にうつつを抜かすようでは、部下に示しがつきませんでしょう」

「ふん。相変わらず堅い男だ。……それで、そちらの御令嬢は？」

東雲の視線が咲良に向けられる。咲良は慌てて立ち上がり、頭を下げた。

「……ご、ご機嫌麗しゅうございます」

東雲は、咲良の頭のてっぺんから足の先まで品を定めるがごとく吟味する。

「俺はてっきり貴様は男に興味があるのかと思っていたが。なるほど……」

東雲は、咲良の顔をよく見ようと距離を詰めてくる。千桜はそっと咲良の前に出ると、冷ややかに瞼を伏せた。

「彼女は私の妻となる女性です。本日は、そのご挨拶もかねて参りました」

「ほう……鉄のような男である貴様が、妻を？」

「私が妻を娶《めと》るとなにか問題でも？　それから、彼女は社交の場に慣れていないもので、どうかそっとしておいてはいただけないでしょうか」

千桜の上官にあたる人物に挨拶をしないというのは無礼に当たるはず。だが、千桜の背中はその必要はないと語っている。咲良は困惑しつつも、余計な真似はせぬように押し黙った。

「不躾だな。貴様の態度はつくづく気に食わん」

声を鋭くする東雲を前にしても、千桜の毅然《きぜん》とした態度に変化はない。

「で？　どこの家の御令嬢なんだ。社交場では見かけない顔だと、下の連中が騒ぎ立てている」

咲良はぶるりと肩を震わせた。まさか、巴藤三郎の私生児であるとは口が裂けても伝えられない。

ふと思い立って咲良は周囲を見渡す。

この場に姉たちはいないだろうか。ましてや美代の姿があれば、思わぬ混乱を招くやもしれない。小鳥遊家との関係性も考慮し、一族の汚点を自ら公にさらしはしないだろうが、感情的になり攻撃的な言葉を向けてくる可能性は重々にある。

メインホールを見渡したが、それらしき姿はなくほっとした。

「いかにも純粋無垢な御令嬢のようだが。ついに貴様も、自分好みに女を仕込む趣向に目覚めたか？」

東雲は含みを込めた笑みを浮かべる。

「……ご冗談を」

千桜は煽りに乗じることなく、極めて冷淡に対処した。

「まあいい。貴様の軍略は上が評価している。その無粋な態度も多めに見てやらんでもないが、あまり俺の気を立たせるなよ」

声をすごめる東雲に対し、やはり千桜は微動だにしない。上官に向ける視線にしては冷ややかだ。いったい千桜の左眼にはなにが映っているのかと咲良は思った。

「佐山《さやま》と工藤《くどう》が貴賓室に控えている。帝国陸軍の方針について議論をしていたところなのだが、ちょうどいい。貴様の面《つら》を貸せ」

東雲が言い捨てると、千桜はわずかに眉を跳ね上げた。

軍人の密談に部外者の咲良が立ち入るわけにはいかない。このままでは、咲良がいるがために重要な誘いを断らせることになる。

千桜の足手まといにはなりたくない。

「申し訳な――」

「あの、私のことならどうかお気になさらないでください」

ついに我慢ならず、咲良は口を挟んでしまった。

用事が済むまで待つことくらい、子どもにだってできる。命じられればひとりで帰宅もできる。千桜への心証を悪くさせるのは忍びなかった。

「ご迷惑でなければ、外の庭園にてお待ちしております」

「だが」

「ご心配には及びません」

館内でひとりでいるには心細いが、閑散としている庭園であればそう問題はないだろう。また、ひとりでぼんやりするのには慣れている。時間を気にせず議論をしてもらってかまわなかったのだが、千桜の表情は重々しい。

「あの、では……私はこれで」

「おい……！」

咲良はいたたまれなくなり、逃げるようにその場を立ち去った。

◇

すかさず追いかけようとする千桜を、東雲が淡泊に制する。

「案ずるな。彼女には、信用に足る護衛をつけてやろう」

東雲陸軍中将。この男の甘言はまったくもって信用ができない、と千桜は心の中で舌打ちをする。

上官であろうが、この男は敬意を払うべき人間ではない。千桜は鋭く目を細めた。くだらない欲望のために、軍部を意のままにしようと企んでいる人間――それが東雲だ。

（最近では政治的支持を得るため、東雲は社交場によく顔を出しているようだが）

東雲の体には、見るに堪えないほどに淀んだ物体が絡みついてる。

鬼の呪詛だ。

黒い茨のような呪いは、東雲の過激な思考を煽っている。

(この男も……か)

軍部で左翼的思考を持つ人間には、ほぼ間違いなくこの呪詛が浮かんでいる。その誰もがカナリアに頻繁に出入りしている者たちだ。

人格すら飲み込むほどの黒が、全身に絡みついている。今となっては東雲の顔立ちすらろくに判別できないほどだ。

(〝護衛〟とはずいぶんと体《てい》のいい。〝人質〟にとらせてもらった……と言っているようなものだ)

東雲は『言うことを聞かねばどうなるか』と目で訴えてきている。咲良の身を案じて、小さく舌打ちをする。

つくづく卑怯《ひきょう》な男だ――。

三

メインフロアを飛び出すと、周囲の視線は咲良へと降り注いだ。

それらは決して心地よいものではなく、咲良の胸にちくちくと突き刺さるような好奇や嫉妬も混ざっている。

ひとりで勝手に抜け出してしまった手前、今咲良の隣には千桜がいない。いったいどれほど自分が守られていたのかを実感して、途端に心細くなった。

（しっかりしなくてはならないのに、なんて情けないのかしら）

自分に呪詛をかけただろう人物を探さなくてはならないのに、俯いてばかりでまともに周囲に意識を傾けられていない。

そもそも咲良はいつ、どこで呪詛をかけられたのだろう。

（先日ここで開かれた夜会で？　それとも、もっと昔……？）

なにか思い出せないか。巴家でない者、そして鬼だと思われるような怪しい人物と過去に言葉を交わしたことはないか――。

『可哀想に……お母様に捨てられてしまったのですねぇ』

その時ふと、脳裏に残像がよぎった。

（あ……れ……？）

記憶の中で突然蘇るのは、紳士的な男の声と、おぞましいほどに美しい顔。そして、紅く光る――瞳。

（なに、これ）

ぶるりと肩を震わせ、咲良はロビーの階段付近で足を止める。その時だ。

「あらぁ、誰かと思えば」

「あらあらまああ」

通りかかった女ふたりに声をかけられる。俯けていた顔を上げて、咲良はハッとした。

声をかけてきたのは、姉である千代と喜代だった。

咲良は顔面蒼白《そうはく》になり、衝撃のあまりその場で棒立ちになった。巴家で受けてきた仕打ちや、社交場で見せ物にされた記憶が蘇る。またあの時のような扱いを受けるのかもしれないという考えが脳裏によぎった。

千代と喜代は咲良の身なりをじろりと一瞥する。

千桜には胸を張れと言われたが、どうにも難しい。咲良は、誇れるほどにはまだなにも成し遂げられていないからだ。

「馬子にも衣装とはまさにこのことかしら。ねえ、お姉様？」

「そうね喜代さん。小鳥遊様に仕立てていただいたのかしら。まぁ羨ましいこと」

やだやだ、と扇子で口もとを隠す千代と喜代。

咲良は俯いたまま黙り込んだ。

「ずいぶんと小綺麗にしていただいているのね」

「うちにいた時は、溝鼠のように汚らしかったのに。ねえ、お姉様？」

「だめよ喜代さん。この方はなんといっても小鳥遊様の奥様になられるんですもの。失礼なことは言えないわ」

「あらあら、ごめんなさいお姉様」

口では謙遜をしているものの、態度は相変わらず刺々しい。

名家である小鳥遊家の当主・千桜が相手ともなると、迂闊《うかつ》な発言は控えなければならない。千代と喜代は互いに顔を見合わせながら、わざとらしい謙遜をする。

だが、咲良を見る目には嫌悪感が浮かんでいるのだ。

妬み、嫉み、蔑み。咲良は千桜のように心の色を可視できないが、目の前のふたりがなにを思っているのかは手に取るように分かった。

「突然の縁談ですもの。嫁ぎ先で奴隷のように扱われていないか心配していたのに、ぴんぴんしているじゃない」

「そうねお姉様。見る限りでは、小鳥遊邸でさぞよい暮らしをさせてもらっているのでしょうよ」

「なんの芸も持ち合わせていない出来損ないだったのに、おかしいわねぇ。いったいどんなご奉仕をしているのかしら？」

千代と喜代の金切り声がよく響いた。クスクスと笑ってくる姉たちを前にして、咲良は弾かれたように顔を上げる。

奉仕などしていない。千桜のような公明正大な男がそんなものを求めたりしない。

自分のことをどう言われようがなにも響かなかったが、千代の軽薄な発言になぜかちくりと胸に違和感が残った。

「……違います」

「え？　なによ」

「奉仕などしていませんし、旦那様はそのような下劣な行為を求めたりいたしません」

これまでに一度だって千代と喜代に言い返したことはなかった。暴言も侮辱も、咲良はなんだって受け入れた。だが、それが千桜にまで及ぶというのなら黙ってはいられなかったのだ。

「急に食い下がってきて、どうしたのかしら」

「そ、そうよねぇ、お姉様？」

姉たちは顔を見合わせ、不快そうに眉をひそめた。

「ふうん……へぇ、そう」

「小鳥遊家相手に私たちが迂闊に手出しできないからって、ずいぶんと調子にのっているじゃないの」

違う。そうではない。決して調子にのっているわけではない。ただ咲良は、千桜までもが侮辱されているようで我慢ならなかっただけだ。

「お前はもうすっかり華族気分でいるようね。余計にお母様が不憫でならないわ」

「最近はお元気がないものねぇ。私たちの縁談はまるでうまくいかないし、どうしてお前だけ……と思わずにはいられないけれど」

ふん、と鼻を鳴らすと、ふたりは咲良の脇を通り過ぎる。

「せいぜい勘違いしながら生きることね」

「ごめんあそばせ？　溝鼠のお姫様」

黙り込む咲良の背後から嘲《あざけ》り笑う声が聞こえてきたが、今の咲良には気にしている余裕はない。

（とにかく今は、早く外に）

咲良は人目を避けるようにして、庭園へと駆けていった。

混沌とする館内から抜け出し、咲良は静かな庭園でひとり月を見上げる。

賑やかな笑い声が館内から漏れ聞こえてくる。同じ敷地内ではあるが、人気のない静かなこの場は幾分息がしやすいような気がした。

（旦那様に後で叱られてしまうかしら）

千桜の了承を得ずに飛び出してしまったが、今思えば早計だったかもしれない。あやって姉たちと遭遇して、千桜の株を下げるような真似をしてしまった。

なにをどうするのが正解だったのだろう。咲良はただ、千桜の足手まといになりたくない一心だった。毅然とした態度でいられればどんなによかったか。

咲良はふと心寂しい気持ちになった。

（おかしいわ。今まではちっともそうは思わなかったのに）

常に小鳥遊家で親切な人たちに囲まれている。だから、今までの感覚を忘れてしまっていた。

でも、これでよかったのだ。政治・軍事の知識もない咲良があの場にいても邪魔なだけ。せめて、迷惑にならないように振る舞わねば。

咲良が夜闇の中でひとり俯いた――その時。

「ふふふ……これで、これでようやくあいつを殺せるわ……っ！」

不穏な女の笑い声がどこかから聞こえてくる。

「殺してやる……ふふ……そして私も死ぬの!!」

明らかに様子がおかしい。恐ろしい気持ちもあるが、どうにも気がかりで辺りを見回した。迷宮のごとく入り組んでいる薔薇園を進み、声の出どころを探す。

オリーブの高木が生えている温室の前で、身なりのよい女が立っている。咲良には目の前の人物が誰であるのか分からなかったが、身に着けている装飾品からしてもかなり家格の高い華族であることは間違いない。

虚ろな目をしてぶつぶつと独り言を言っている女に対して、声をかけるべきか迷った。

「あ、あの、いかがされたのでしょうか」

勇気を振り絞って尋ねると、女がこちらに気がつく。血走った瞳は、焦点が合っていない。

「あいつを、殺すの……」

「こ、殺す……？」

「そうして私も死ぬ……ふふふ、これで永遠に一緒になれる……」

ごくりと生唾をのんだ。

（なにを、おっしゃっているの……？）

あまりに物騒な内容にどう受け答えをしたらよいのか見当がつかない。それに、女が右手に持っているものは、鋭利なナイフ。

殺す、というのは、たとえではないのだろう。

「あの方の言う通りね……どうして今まで考えつかなかったのかしら」

「あ……あの」

「殺す……殺してやる……ふふふふっ……」

ゆらゆらと歩き始める女は、ナイフを持ったまま館内に入ろうとしている。咲良はとっさに止めなくては、と思った。

（でも、どうやって？）

なにか、なにかないものか——と思考を巡らし、咲良は幼い頃の記憶を手繰り寄せた。

そうして脳裏によぎったのが、眠る前によく母親が聴かせてくれた子守唄だ。

咲良には歌詞の意味が分からなかったため、母親に聞いたことがあった。すると、『人間は心が不安定になると癒しを求めるの。この唄は、おそらくはそのためにあるのよ』と咲良に教えてくれたのだ。

気休めにもならないかもしれないが、咲良にできることはそれくらいしか思いつかなかった。

「ねむれぬこよ、ねんねんころり」

口ずさむと、亡き母親の面影が浮かぶ。

「おはなのかおりで、ねんねんこ。

かけまくもかしこき、りゅうのかみ。

そのけがれをきよめたまへともうすことを、きこしめせ」

瞳を閉じ、一面の花を想像する。一帯を染め上げる桜の花。冬が過ぎ、梅の花が咲き終わった頃、桜の蕾《つぼみ》は膨らんでゆく。

ふわり、風が吹きつける。ほんのりと甘く優しい花の香りがする。目を閉じて想像しているだけであるのに、不思議だ。

ただ女の心が安らいでほしい一心で唄を口にする。ゆっくりと瞼を上げると、気持ちが落ち着いたのか、冷静さを取り戻している女と目が合った。

「……綺麗」

「え？」

女の瞳には光が宿っている。先ほどまでの危うさはなく、持っていたナイフから手を放し地面に落とすと、深いため息をついた。

「一面の桜の花……今のあなたが？」

「桜？」

「すごく綺麗だったわ。よければ、もう一度見せてはくれないかしら」

なにがどうなっているのか。咲良はただ母親から教えてもらった子守唄を歌っただけだ。身に覚えのない要求になんと返すべきか逡巡《しゅんじゅん》する。

「ごめんなさい。あの、その、よく分からなくて」

もう一回とは、具体的にどのようにすればよいのだろう。うろたえていると、女は首をかしげる。

「変ね……夢でも見ていたのかしら」

咲良はまったくもって状況がつかめずにいたが、ひとまずは大事にならずに済んで安堵する。あのままの状態であったら、冗談ではなく殺人事件が起こっていただろう。

「ご、ご気分はいかがでしょうか?」

恐る恐る聞けば、女は首をかしげた。

「あれ……? そういえば私、どうしてこんなところに……」

「覚えていらっしゃらないのですか?」

「ええ、先ほどまで貴賓室でお茶をしていたの。いつも内緒で会っている人がいて」

女は、自分の中で答えが見いだせずに眉をひそめている。咲良もまた胸に得体の知れぬしこりが残った。

「ここでしか逢瀬を重ねられない相手だから、今か今かと待っていたの」

「そう、だったのですね」

「ええ、でも約束の時間になっても、扉がノックされなくて」

地面に落ちているナイフを見つめて、女はぶるりと震えた。

「そうしたら、誰かが訪ねてきたのよ。そして、私に……言ったの。彼には奥方がいるから、私とのことは単なるお遊びだって。弄ばれて、終わりだって」

「……っ」

咲良の口からはとっさに言葉が出てこない。女は怯えながらさらに続けた。

「そんなこと、はじめから分かってたのよ。分かっていて、会っていた。なのに、その人の言葉を聞いていたら、なんだかだんだん恨めしくなって……彼を、殺したくなったの」

　顔を青ざめさせる女を前にして、咲良はどうしたらよいか検討がつかない。

　千桜がこの場にいたのなら、的確な判断を下せたのだろう。この後になんと問いかければよいのかと悩まずに済んだに違いない。

「ごめんなさい。きっとなにか悪い夢でも見ていたのね」

「い、いいえ……」

「じゃあ、私はこれで」

　女はそうしてダンスホールへと戻っていく。先刻の危うげな瞳がどうにも頭から離れず、咲良がその背中を目で追っていると、辺りが急に冷え込んだ。

「こんばんは。麗しいお嬢さん」

　もう誰もいないはずの庭園で、静かな声が響く。

　咲良は肩を震わせ、周囲を見回す。すると薔薇園の中から出てきた人物がいた。

　――ずきん。

　その人物を目にした瞬間、頭が割れるように痛んだ。

　月光に照らされている咲良とは対極的に、闇から現れ出た男。三十代ほどであるように思えたが、ここからではよく表情がうかがえない。

　物腰柔らかな口調。華麗な身のこなし。華族――それもかなり家格の高い人物だと分かった。

男は落ちているナイフを拾い上げると、妖艶に微笑みかける。

「……こんばんは、御機嫌よう」

咲良はとっさにドレスに手を添えて礼をとる。

ゆっくりと顔を上げると、闇の中に立っている人物の顔が徐々に明らかになった。

男はおぞましいほどに美麗な容姿をしていた。

光を通さない漆黒の瞳に、艶のある黒髪。燕尾服の胸もとには、黒い薔薇のブローチがついている。まるで西洋の人形のように完璧な外見だった。

(あ……れ？　この方、どこかで)

はじめて会う人物だというのに、咲良は違和感を抱く。それだけでなく、咲良につきまとう邪悪な呪詛がじわじわと侵食する。体が鉛のように重くなった気がした。

この場から逃げ出すこともできずに、咲良はうろたえた。

「ああ……なんと愉快な巡り合わせでしょう」

恭しく胸に手を当てると、男は三日月形に目を細める。

「え……？」

「お久しぶりです、といったところでしょうか。巴咲良さん」

咲良は目を見開き、愕然とした。

（久しぶり……って）

ぞわぞわと背すじが凍りつく。嫌な予感がして、二、三歩後退する。しかし男は開いた距離を詰めるように咲良のもとへ近づいてきた。

「まさか、あの時に芽は摘めていたと思っていたのですが、想定外でした」

「あな……たは」

咲良は忘れていた記憶を手繰り寄せる。

母親が死んだ日、当時四歳だった咲良は見知らぬ男に庭先で声をかけられた。今とまったく姿が変わらない美しい男に。

「せっかく呪ってさしあげたというのに、あなたの力はすでに開花しかけている」

「……っ」

「私の呪詛もここまで弱くなってしまって。まったく、すべては彼のせいですねえ」

この男が、〝鬼〟だ。咲良の本能が告げている。咲良に死の呪いをかけた男だと理解して、足が震えた。

「今はおひとりですか？　ちょうどいいですし、あなたのことをもう少し詳しくお聞かせ願っても？」

「わ、私は」

「ここではお恥ずかしい？　ふむ……そうですねえ。であれば、私の部屋にでもお連れしましょう」

連れていってどうするつもりなのか。想像しただけで恐ろしくなって咲良の体は拒絶する。

(だめ……なにか、言わなくては)

ずきずきと痛む頭。この声を聞いているだけで、視界が黒く塞がれていき、呼吸が苦しくなっていく。

咲良は震えつつも、勇気を振り絞った。

「ひ、人を待っておりますので、遠慮させていただきたく存じます」

最後まであきらめないと決めたのだ。咲良はこれから先もずっと千桜の隣で生きていきたい。

「あなたの未来の旦那様はただいま、軍略会議の真っただ中でしょう？　貴賓室にこもって、それはもう大層な計画を練られていらっしゃる。お待ちになるのはいささか退屈でしょう」

「ど、どうしてそれを」

「どうしてでしょうねぇ？　それにここはダンスホール・カナリアですよ？　少しくらい羽目を外してもよいのです」

手袋がはめられた細長い指が咲良の顎へと伸びてくる。

（旦那様が上官殿とお話をされているなど、あの場に居合わせていた私くらいしか知らないはず）

本能が避けねばならないと告げているのに、体が鉛のように動かない。男からは妖艶な薔薇の匂いがした。

「さあ、お話をいたしましょう。私のことが気になるのであれば、部屋でじっくりお教えしますよ？」

「……やっ」

男は咲良の顎に指を添えてくる。

（体が……重い）

抵抗をしなくては。それなのに、男の瞳に見つめられると、金縛りにあったように手足の自由がきかなくなる。

脳裏に浮かぶのは千桜の顔だ。

冷たい目をした心優しい人。闇よりも光が似合う立派な人。

いつしか咲良は、千桜のために生きたいと思うほどに、そのまっすぐな心に強く惹かれるようになっていた。

「おやめ、ください。離して、ください」

「ふむ……」

咲良が声を振り絞ると、男はつまらなそうに息を吐いた。

咲良はこれまで、己自身にはなんの関心もなかった。殴られても、蹴られても、罵倒されても、どこか他人事のような感覚があった。靴を舐《な》めろと命じられればその通りにした。土下座をしろと命じられればその通りにした。

そうしなければ生きていけなかった。だから、己の矜持のいっさいを捨てていた。

けれど今は、違う。

(このような私でも愛してくださる旦那様がいる)

千桜が向けてくれた気持ちに応えるための矜持だ。

怯えや不安を消し去り、まっすぐ男を見つめると、あっさりと指先が離れていった。

「……残念です。あなたの騎士《ナイト》がもうこちらに向かっているようですね」

咲良はほっと胸を撫で下ろす。

男は両手を広げてわざとらしく肩をすぼめた。急ぐそぶりも見せず、持っていたステッキを優雅に振りながら闇の中へと歩みを進める。

「またどこかで会いましょう……桜の花の、お嬢さん」

咲良は気の抜けたようにその場に立ち尽くす。

辺りには独特な香りを放つ薔薇園が広がっている。館内から聞こえたはずの華族の笑い声が、ようやく咲良の鼓膜を揺らした。

男の瞳に見つめられると体温が二、三度下がってゆく感覚がした。咲良の体は大きくふらつき、視界が歪んでいく。しかし固い地面に倒れることはなかった。すんでのところで誰かに肩を抱き寄せられたからだ。

「おい、どうした」

咲良は何者かの胸に体を預ける。優しい桜の香りがした。

——千桜だ。

咲良の視界には、冷たい右眼と鮮やかな桜色の左眼がある。緊張がほぐれ、思わず千桜の胸もとを掴んでしまった。

「顔色がよくない」

「旦那様……」

情けない。勝手な判断で千桜のそばを離れたことにより、かえって心配をかけてしまっている。

「なにが、あった？」

口にすべきか逡巡したが、千桜の目は有無を言わさないといった具合に鋭い。咲良はゆっくりと唇を開き、一連の出来事を打ち明けることに決めた。

「男性に……声をかけられました」

「男？」

こくりと頷く千桜は、大方察したような顔つきをする。

「思い……出したのです。おそらく……あの方が、私に」

十三年前と見た目がまったく変わっていないこと。母親が死んで燃やされたあの日に、十八歳までに死ぬ呪いをかけられたこと。

千桜に過去の出来事を伝えると、真剣なまなざしが向けられた。

「どんな人相だったか覚えているか」

「彫刻品のように凹凸があるお顔立ちをされて……いました。肌は、白くて、三十代くらいの見た目で、黒い薔薇のブローチをしていらっしゃいました」

咲良が男の特徴を口にすると、千桜の目が細められた。

「ブローチ……それは間違いなく黒薔薇嶺二という男だ。やはり、あの男が鬼だったか」

黒薔薇嶺二がただの人間ではないことは、咲良であってもひと目で分かった。まとう雰囲気がこの世のものではなかった。

凍てつくような冷たさと、気がおかしくなるほどの悪意。あのような存在が人間社会にまぎれているだなんて、恐ろしかった。

「私の力が開花しかけている、とか。芽を摘む……とか。またどこかで会いましょう、とか……よく分からないことを、告げられました」

男の笑みには、底冷えするほどの恐ろしさがあった。巴家の人間の、咲良をあざ笑う様子とも違う。もっと深い闇の香りがする不気味な笑みだった。

「くそ……なにが狙いだ」

千桜は静かに苛立った。咲良の肩を抱くと、自らが着ていた軍服を脱ぎ、羽織らせる。咲良の体は知らない間に冷え切っていた。

「すまない。やはり、ひとりにさせるべきではなかった」

「いいえ、私が勝手に出てきてしまったのが悪いのです。それよりも申し訳ございません。大切なお話し合いの妨げになったのではないでしょうか」

迷惑をかけてしまったと後悔する咲良を、千桜はきつく抱きしめる。

「そんなことはどうでもいい。お前が無事でよかった」

このまま千桜が来なければ、咲良はどうなっていたのだろう。黒薔薇嶺二の瞳を見ていると、自分の中の弱い感情が増幅していく感覚があった。

自分でなんとかしたいと決意したのに、結局のところ迷惑をかけてしまっている。ふがいない気持ちと安堵が入り混じりながら、咲良は意識を手放した。

第四章　闇と光

一

　ダンスホール・カナリアで接触してきた男——鬼は、黒薔薇嶺二という名で華族社会にまぎれているらしい。

　あの夜から数日寝込んでいた咲良は、体調が回復した頃に千桜から聞かされた。

　あの男の瞳に見つめられただけで恐怖のどん底に突き落とされた。言葉を聞いているだけで、うまく呼吸ができなくなった。

　どうして黒薔薇嶺二がわざわざ咲良に呪詛をかけたのか。具合が落ち着いてから考えてみたが、思い当たる節がなく恐ればかりが募る。

（だめ、強い心を持たなくては）

　とにかく、咲良は呪詛に抗わなければならない。黒薔薇嶺二は呪詛が弱まっていると言っていた。

　もしかすると千桜を想えば想うほどに体が軽くなっていたようだったのは、勘違いではなかったのかもしれない。

　もし、誰かを強く想う気持ちが呪詛に影響を与えるのなら、いつまでもびくびくしてはいられない。

「――え？　旦那様に、贈り物を差し上げたいと？」

咲良の私室で、家令の呆気《あっけ》にとられた声が響く。やはり唐突な提案だったかもしれない。

「だめ……でしょうか」

座布団の上に姿勢よく座る咲良は、重々しい顔つきをする家令を見つめた。

「贈り物となるとデパートメントに買い物をしに行けたらよいのですが、外出はお坊ちゃまに止められておりますし」

「そうですよね、我儘《わがまま》を言ってしまい、申し訳ございません」

黒薔薇嶺二の接触があったばかりだ。なにか別の方法で恩返しをしようと思い直していると、家令はさらに続けた。

「咲良様おひとりで、というのは難しいかと存じますが……」

「はい」

「お坊ちゃまとおふたりで、であればお許しはいただけるのではないでしょうか」

咲良は俯けていた顔を上げる。

「ふたりで……？」

「日々の労いもかねて、帝都デェトを贈り物にする、というのは我ながら粋な発想かと。それであれば、お坊ちゃまも安心なさいましょう」

　思えば、咲良は千桜と帝都の街中に出かけたことはなかった。

　咲良はぽかんと口を開ける。

「デェト……」

　デェト、とは最近はな子から教えてもらった単語だ。西洋の言葉らしく、年頃の男女が逢引《あいびき》をすることを言うそうだ。

「今は警戒すべきだとは重々承知しておりますが、ずっと閉じこもっているのも健康的ではないですしね」

「あの、私……そんなつもりで言ったのでは」

「お坊ちゃまがおそばにいらっしゃればご心配はないでしょう。あの方は、とてもお強い。お坊ちゃまには、私からご提案しておきますから」

「……あ、えっ！　そんなこと、なりません！　旦那様はお忙しいでしょうし、お時間を作っていただくのは申し訳ないです」

　しかも、デェトを贈り物にするなど、破廉恥ではないだろうか。はしたない女だと思われてしまったら……。

「咲良様のためとあらば、いくらでも都合をつけてくださいますよ」

　家令は穏やかに微笑むと、部屋を出ていってしまう。

「どう……しましょう」

とっさに咲良は自身の頬を両手で包んだ。

浮かれていては、いつか罰が当たるかもしれない。咲良は気を取り直して勉学に励んだ。


日曜日の午前、咲良は着慣れていないワンピース姿で姿見の前に立ち尽くしていた。襟がついた緑色の生地。膝が隠れるくらいの丈であるからか、足回りが落ち着かない。

外出の一件は、家令から千桜に即座に伝わった。はじめこそは渋っていたものの、ともに行動するのであればさほど心配はないだろうということで、なんとか許可が下りた。屋敷の中での生活は退屈するだろうとの千桜の配慮もあったが、咲良はやはり無理な我儘を言ってしまったのではないかと憂慮した。

「……咲良、身じたくは整ったか」

すると、襖の向こう側から千桜の声がかかる。咲良は、はな子にこしらえてもらった鞄を持った。

「は、はい。お待たせいたしました」

襖を開けると千桜がいる。ただそれだけであるが、咲良の胸はうるさかった。軍服ではなく身軽な和装姿の千桜は、いつもと違って見えたのだ。

「今日は、無茶を言ってしまい大変申し訳ございませんでした」

「いや、私も家に籠らせきりで悪かった」

咲良は気恥ずかしくなり、俯く。女から逢瀬の誘いをするなど、はしたなかったのではないか。家令に申し出てもらったのはよいものの、そもそもデェトでなにをすべきなのか分かっていない。

「あの……私は、ただ旦那様に日頃のお返しをしたかっただけなのでございます。だから、まさか一緒に出かけていただけるなどとは思ってもいなかったのです」

「橘から聞いている。以前に見返りは求めていないとは言ったが、好意を無下にするのも野暮だろう」

千桜は微笑を浮かべる。

「だから、これはあえて私からの頼みだ。お前の今日一日を私にくれると嬉しい」

咲良は唐突に穴に埋まりたくなった。

(結局、私が贈り物をいただいてしまっているのではないかしら……!)

「行くぞ」と身を翻す千桜を追いかける。

せめて余計な心労はかけさせないように努めよう。千桜の隣を歩くに恥じない振る舞いを心がけよう。

気を引き締めねばならない状況下と理解しつつも、咲良の胸の音は高鳴るばかりだった。

デェトとは、なにをするものなのか。咲良はこっそり女中のはな子に聞いてみたのだが、まったくもって想像がつかなかった。

異性とカフェで食事をしたり、デパートメントで買い物をしたり、公園でソーダ水を飲んだりすることをいうそうだ。堅物な印象が根強い千桜とこのようなことをしている自分を想像できなかった。


――カランカラン。

耳ざわりのよいドア鈴の音がする。銀座まで自動車で移動をして、最初に入ったのは雰囲気のいいカフェだった。

「いらっしゃいませ、二名様ですか？」

「ああ」

給仕が入口までやってくると、千桜は慣れた様子で答えた。

咲良はカフェにはじめて入る。色鮮やかなステンドグラスと舶来物のランプが印象的な店内を目にして、ほうとため息をついた。

洋風な造りではあるが、ダンスホール・カナリアとはまとう空気が異なる。流れているジャズは親しみやすく、客層は一般人がほとんどだ。

給仕に席まで案内され、千桜はメニュー表を広げる。

「なんでもいい。好きなものを頼みなさい」

淡泊に口を開き、咲良から見やすい向きにそれが置かれた。

「あの……こちらのお店には、よく来られるのでしょうか」

尋ねると、千桜が咲良へと横目を向けてくる。

千桜がダンスホール・カナリアのように派手な場所を嫌っているとは知っていた。その一方で、連れてきてもらったカフェの雰囲気は大衆的である。いずれにせよ賑やかな場所は苦手なのだろうと思い込んでいたため、咲良にとっては意外だった。

「よく……というほどではないが、ここの飯は気に入っている」

「そう、なのですね」

基本的に千桜の昼食は弁当だ。夕食も咲良とともに屋敷でとっている。となると、士官学校時代や、咲良が嫁ぐ前などにはよくここで食べていたのだろうか。

「どうした？」

「い、いえ、申し訳ございません。なんだか、不思議だなあと」

「不思議……とは？」

しきりに店内を見ている咲良に千桜は問いかける。

「旦那様はもっと、なんと言いますか、静かな場所を好む方なのかと……」

「静かな場所、か」

「カフェという場ははじめて訪れましたが、とても親しみやすくて、和気あいあいとしていて、まるで……私のような者でも社会に溶け込めているような気持ちになりました」

隣の席に座っている女ふたりは職業婦人だ。先ほどから新聞記事の話題で盛り上がっている。後方の席は民間会社の同僚なのか、意見交換が白熱している。華族の社交場とはまた違った世界ではあったが、居心地の悪さは感じられなかった。

「社会というものは本来、この店のようにあるべきだと思っているんだがな」

千桜はステンドグラスを見つめると、小さくため息をつく。

「上も下もない。男も女も関係ない。どんな者にも、平等にうまい飯が提供される。そういった点で、この店は気に入っている」

咲良は至極納得した。同時になぜか胸が温かくなる。

千桜が気に入っているカフェを知っただけだというのに、どうして咲良が満足感を抱いているのか。

胸をさすってみても分からない。ただ、千桜と精神的に近くなれた事実に、形容しがたい感情を得ているのは確かだった。

「あの」

（こういう時は、なんと言えばいいのかしら）

向かい合う千桜を見つめる。ぎゅっと唇を結び、勇気を振り絞った。

「……ありがとう、ございます。こんな素敵なお店に連れてきてくださって」

これまでは、なにをしていても口をついて出てくる言葉は謝罪だった。自分がとった行動により、相手が迷惑したのではないか。考えるよりも前に謝罪の台詞を吐くことによって、保身したかったのだ。

でも、千桜の前では弱い自分でいたくない。謝るのではなく、もっと他に言葉がある。なにより、〝伝えたい〟。伝えてもいいのだと思えるようになった。

少しずつ咲良の意識が変わってゆく。

「ずいぶんと表情が明るくなってきたな」

賑やかな店内を見回していると、千桜が優しい視線を向けている。

「え？」

「あと、自分から前向きな思いを口にしてくれるようになった」

咲良は瞬きをして固まった。

「これからも、ためらわずそうしてもらえると嬉しい」

「……あ、あの……はい」

「好きなものを頼め。どの飯もうまいぞ」

親しみやすい口調で促され、咲良はこくりと頷く。そしてメニュー表を見てほっと胸を撫で下ろした。

これであればすべて咲良でも読める。難しい漢字は使われていなかった。

「オムライス……、ハヤシライス、コロッケ……定食」

だが、別のところで悩みが生じる。どれも魅力的に思えるため、注文が決まらなかった。

「だ、旦那様はお決まりなのでしょうか」

先ほどから咲良がメニュー表を独占してしまっている。慌てて千桜に読みやすい向きにして手渡すと、軽く制された。

「決まっているから、そのまま見ていていい」

「……そ、そうなのですね。ちなみに、旦那様はどちらを頼まれるおつもりなのですか？」

いつもなにを注文しているのだろうか。ちらりともメニュー表を見ていないが。

メニュー表を受け取り直し、顔を上げてハッとする。何気なく尋ねたつもりだったが、千桜はぴくりと眉の端を上げていた。

冷たい瞳がじっと咲良を見ている。もともと表情が顔に出ない人物ではあるのだが、今の千桜はどことなく不愉快そうに映った。

（きっと生意気だったに違いないわ……！）

咲良は狼狽し、視線を右往左往させる。

「あ、あのっ、私、なんという失礼を」

「その、待て、違う。そうではなくてだな。私は……ここのコロッケ定食が好きなんだ」

しばらく渋ったのち、千桜の口から重々しく吐き出された。

「好物を頼むつもりだ、などと気軽には言えんだろう」

加えて、ばつが悪そうに眉をひそめている。

聞いてしまってもよかったのか。咲良が見る限りでは、千桜は機嫌が悪そうだ。

（旦那様は、コロッケ定食がお好きなのですね）

だが、知らなかった。毎日食事をとっているのに、好物の話をしたことはない。そもそも、屋敷で食事をする際には基本的に会話すら発生しない。あるとすれば事務的な内容だ。

注文を決めるのに悩んでいた咲良だったが、なんとなく千桜と同じものを食べたくなった。

巴家の下働きをしていた頃には、まさかカフェで食事ができるとは夢にも思わない。台所の隅っこで、冷や飯にお湯をかけて食べていた。それも三日に一度という頻度。

短時間で食べきれずにいると、女中に取り上げられたものだ。そして生きる活力が得られず、咲良はやせ細っていった。

そんな巴家での待遇もあって咲良は食にあまり関心がなかったが、小鳥遊家に来てからは一日の楽しみとなりつつある。味覚や嗅覚を感じるようになった。なにより、向かいには千桜が座っている。ひとりではないから、美味しい。

「私もコロッケ定食にします」

「では、ふたつだな」

千桜は給仕を呼びつけると、コロッケ定食をふたつ、ホットコーヒーとミルクセーキをひとつずつ注文をしたのだった。

カフェで食事を済ませた後は、腹ごなしに公園を散策した。

ベンチに腰掛けると、公園は人で賑わっていて、咲良はまた温かな気持ちになった。まるで、自分が社会に溶け込んでいるようだ、と。

千桜に贈り物をするつもりでいたのに、またしても咲良ばかりが幸せな気持ちをもらっている。

「あの……今日は本当に、ご無理を申し上げてはいなかったでしょうか？」

隣を見ると、千桜の美麗な横顔がある。

「無理などしていない。むしろ、お前こそ体は大丈夫か？」

千桜は気遣うように眉を下げた。

「……はい、大丈夫です」

「そうか、ならよかった。お前の提案がなければ、一緒にあの店に行く機会もなかったからな」

きちんと労えているだろうか。咲良は千桜を見上げて、唇を結ぶ。

「この公園も、よく学生時代に来ていた」

「そうなのですか……？」

「芝生に寝そべって、小説を読んでいたな。ちょうどあの辺り」

千桜が指をさした先を目で追った。少し傾斜があり、心地のよい風を感じられそうな場所だ。

「もしかして、今私に貸していただいている小説を？」

「ああ、あれだけでなく、他にもたくさんの本を買っては読んでいた」

帝都大学生の千桜を思い浮かべる。きっと、今と変わらず美しかったに違いない。誰に声をかけられることもなく、大衆に混ざって静かに読書をしているのだろう。

住む世界があまりに違った。巴家で下働きをしていた咲良とは出会うはずもなかった人物。

巡り合わせとは不思議なものだ。天と地ほどにかけ離れているはずの千桜は今、隣にいる。

「懐かしいものだな」

「旦那様は学生の時から、ご立派だったのでしょうね」

「お前は私を買い被りすぎだ。今でも、力が及ばないものが多すぎる」

咲良からすると、日々国のため、正義のために尽力していること自体が素晴らしいと感じる。咲良には世の中に立ち向かう勇気すらないのだ。

「不思議なものだな。お前には、心の内を伝えるのに抵抗を抱かない」

千桜のまっすぐな瞳が向けられる。

「え……？」

「ここまで誰かに知ってほしいと思ったこともなかった。言う必要性も、とくに感じてはいなかったのだがな」

池の水面がきらきらと光り、鳩《はと》がいっせいに飛び立った。千桜の紺桔梗の髪が陽光を浴びながら、風にのって揺れている。

咲良はそのあまりの美しさに目を奪われた。

「私も……」

白黒だった毎日に、鮮やかな色がついていく。当たり前だと思っていた日々と、そうではない世界。千桜を通して、咲良はさまざまな感情を知った。

「旦那様のことを知れて、おそらくは、嬉しかったのだと思います」

「そうか」

「うまく言えないのですが、自分のことのように胸が温かくなって、ふわふわして。これは、よいことなのでしょうか?」

聞けば、「ああ」と微笑みかけられる。

独りではない。ふたりで生きる。咲良と千桜は言葉数こそは少ないものの、心のつながりを感じていた。今までは互いに必要としてこなかったそれに心地よさを抱く。なぜか、強くあれるような気がする。どこか、これまでと違う。

「私も、今日は有意義な時間を過ごさせてもらった」

「本当……でしょうか」

「本当だ。今は窮屈な思いをさせてしまってすまないが、落ち着いたら、また必ず来よう」

安堵させるように千桜は目を細めた。

比翼の鳥は一羽では飛べないように、二羽で連なることによりはじめて大空をはばたける。

二

咲良と帝都の街に出かけてから一週間ほど経った。

穏やかな時間は束の間であり、千桜は多方面への監視の目を怠らない。依然として総理大臣派議員の不審死が後を立たず、むしろ最近では事件の発生頻度が増しているほどだ。しかし警察は重い腰を上げず、ろくに調べもせずに自殺として処理をしていた。

政界では発言の自由が奪われている現状があり、そこに加わる軍部の圧力。東雲をはじめとする大本営にとっては、総理大臣は邪魔な存在なのだ。

「号外でーす、号外でーす」

山川とともに帝都の街中を歩いていると、新聞社の男の快活な声が聞こえてきた。

「一部もらおう」

「ありがとうございます！」

新聞を受け取る。

【田中《たなか》議員、一家無理心中か】

一面に大きく印字されている煽り文句。千桜は眉間に皺を寄せながら記事に目を通した。

「この事件も、やはり黒薔薇伯爵絡みでありましょうか……」

ぎり、と拳を握り、山川は重々しく口を開く。

「おそらくは、な」

「一家心中だなんて、いったいどうしたらそんなことが」

仔細《しさい》には書かれていないあたり、警察で情報隠蔽があるに違いない。この国の中枢が腐ってしまっている以上、内側から直接腐敗の芽を叩かねばならない。

龍の瞳を持つ者に定められた使命だと言えばいいのか。もともと正義感が強いほうではあったのかもしれないが、これでは龍とやらの思惑通りだと自嘲する。

「監視の頻度を増やす必要はありますでしょうか」

山川はすかさず提案するが、千桜は首を振った。

「いや、増やしたところで効果は期待できないだろう。あの男は表舞台に顔を出さない」

「であれば、議員に忠告を促す……など」

「それも得策ではない。あまり目立った動きをすれば、軍部の目が光り、かえって私たちが動きにくくなる。そもそも、黒薔薇嶺二は政治など微塵も興味はないのだろうが」

国家の転覆もまた一興というところか。誰もが安らかであれる喜劇は退屈するとでも言いたいのか。

（つくづく趣味が悪い）

千桜は号外から街中へと視線を向ける。

震災後の不況を乗り越えた帝都の街には、次から次へと舶来物が入った。社会のあり方も時代とともに変遷し、誰もが平等を唱える風潮が根付いていく。

華族もそうでない者も関係ない。男と女も関係ない。

この国では昔から女は家を守るものとされていたが、今では職業婦人として社会に出て働く者がいる。男女で座席が分かれていた映画館はなくなっていく。きっと近いうちに、女にも選挙権が与えられる時代が来る。

社会は、そうあるべきなのだ。だが、悪しき鬼は己の快楽のために、危険因子に揺さぶりをかけている。

（そして、咲良にも手をかけている）

千桜は冷たく目を細めた。前髪で隠された左眼には、帝都の街を闊歩する人々の心の色が映る。

黄、青、緑、赤、紫、茶……十人十色であり、ひとつとして同じものは存在しない。

嘘をついている者、隠れた信頼を寄せている者、揺らがぬ熱意を持つ者……。

すべて見えてしまうからこそ、千桜の心情には波ひとつ立たない。実の母に拒絶された時も、千桜は冷静に受け止めた。あらかじめ分かっていたからだ。

目の前の人間がなにを思っているのか。それが色となって浮かび上がり、千桜に伝わってくる。

賑わっている街を見回していると、目につく〝色〟がある。

（あれは……）

東雲にも絡むように浮かび上がっていた——呪詛。ダンスホール・カナリアで目にした黒い茨が視界の端をかすめる。

「小鳥遊少佐……？」

「すまない、先に屯所に戻っていてくれ」

状況をのみ込めていない山川を置いて、千桜は走り出す。人混みをかき分け、呪詛の所有者を追った。

（あれは、まさか——）

女だった。それも、面識のある女だ。

ひとり、ふたり、視界が開けるが、目当ての人物を見失った。通常、人の心がまったく同じ色、形をするはずはない。それが可能となるとすれば、何者かによって手が加えられている可能性が考えられるが。

……胸騒ぎがする。

(杞憂《きゆう》で済めばいいが)

千桜はしばらく、女が消えていった先を冷徹に睨みつけた。

◇

咲良はその日、熱心に縫い物をしていた。手もとには肌触りのよい麻の布がある。桃色の糸で丁寧に桜の刺繍を入れたところで、ほっと息をついた。

「まぁ！　まぁぁまぁぁまぁぁ！　それは、もしかして？」

「……その、眼帯……です」

女中のはな子は、両手を合わせてまじまじと見つめてくる。あまり上手にできたとはいえない品であるため、咲良は落ち着かずに肩をすぼめた。

「旦那様への贈り物でしょうか」

「は……はい。日頃のお礼もかねて、贈ってさしあげたくて。無理を言って橘様に生地をこしらえてもらったのです。以前、旦那様はいろんなものが見えすぎてしまう、とおっしゃっていたので、これをすれば少しは気がまぎれるかと……」

「素敵！　とっ～ても素敵なお考えだと思います！　きっとお喜びになられますよ」

そうだろうか。そうだといい。

咲良はこれまで癖のようにへりくだっていたが、最近では期待することを覚えた。これを渡したら、いったい千桜はどのような顔をするのか。どのような言葉をかけてくれるのか。ここまで脳裏に浮かんでは、勝手に胸が温かくなる。咲良はふっと柔らかく口角を上げた。

「笑った……」

「え？」

すると、突然はな子の仰天した声が聞こえる。完成した眼帯を膝の上に広げたまま、咲良は首をかしげた。

「咲良様が笑った……！」

なぜか、目に涙まで浮かべて咲良の両手を握ってくる。咲良は、ぱちぱちと瞬きをして呆然とするしかない。

笑う、とはいったい。咲良はただ千桜の面影を思い浮かべていただけで、まったく身に覚えがない。喜怒哀楽が顔に出やすいはな子とは違って、咲良は感情を表現することが苦手だった。

「ああ、もう！　お坊ちゃまに見ていただきたかった！」

「あ、あの……私、変な顔をしていたのでしょうか」

「いいえいいえ！　とってもかわいらしかったのです。それはもう、世の男性を虜にするような、純白の笑みでした！」

はな子が歓喜している中、咲良は狼狽する。

話が飛躍しすぎている気がすると考えるのは、失礼だろうか。決して、そのような表情を浮かべていた自覚はない。

だが近頃は冷めきっていた心がよく浮つく。これはなんだろうと思っていた。これが、〝愛おしさ〟なのか。これが、〝愛する〟ということなのか。

この気持ちを大切にしてもよいのだろうか。咲良は膝に広げていた眼帯を手に取り、胸もとに抱きしめる。

「咲良様ってば、明日はご自分の誕生日だというのに、お坊ちゃまのことばかりですね」

「……うっ」

はな子に指摘されて言葉に詰まった。

明日、咲良はついに十八歳を迎える。刻限が迫る中ではあるが、眼帯を作っていると無限の強さを得られるような感覚があった。

（きっと、大丈夫……）

大切な人とこの先も生きていたい。その気持ちさえあれば、呪詛に打ち勝てる。

「この屋敷にいらっしゃった時は人形のようでしたのに……よい顔をされるようになりましたね」

顔を上げると、優しい目をしたはな子がいる。

「来月、ついに祝言をあげられると聞きましたが、本当に楽しみでなりません」

祝言。咲良は言葉を復唱して、俯いた。とうとう正式に千桜の妻となるのだ。

自分は、千桜の片翼としてふさわしい女になれているだろうか。

（ううん、弱気になってはいけないわ）

そわそわしつつ、眼帯を綺麗に折りたたむ。千桜を想い、桜の刺繍を施したそれを紙の包みに入れる。

（帰宅されたら、さっそくお渡ししよう）

大事に文机の引き出しに入れて、はな子と向き直った——その時。

「ごめんくださいまし〜」

屋敷の玄関から、女の声が聞こえてきた。

今の時間は家令は買い出しをしていて、留守にしている。はな子がすかさず立ち上がる後を、咲良もついてゆく。

（このお声は……）

聞き覚えがある。いや、きっと勘違いではないだろう。

千桜の了承を得ていない勝手な行動ではあるが、気になってしまって来客の姿を確認せずにはいられない。

はな子が玄関の扉を開けると、巴美代が温厚な笑みを浮かべて立っていた。

「すみませんが、屋敷の者にご用でございますでしょうか」

はな子が尋ねると、美代は目を細める。はな子の背後に立っている咲良を視界に入れ、見たこともないような穏和な表情を向けてきた。

「私は巴美代と申します。うちの娘が大変お世話になっていて……ちょうど近くを通りかかったものですから、ご挨拶をと思ったのでございます」

なぜ咲良に親密げな笑みを向けるのか。これまでの巴家での生活を振り返ると、どうしても解せなかった。

藤三郎と使用人の間にできた子である咲良を、誰よりも疎んでいたのは美代であったはず。暴言を吐く、無視をする、叩く、蹴るなどは当たり前であり、優しい言葉をかけてもらったためしは一度だってない。

「咲良、元気だったかしら？」

「あ……あの」

「私ね、あれからとても反省をしたのよ。あなたは巴の娘であることに変わりはなかったはずなのに、本当にごめんなさいね」

涙ぐんで目もとをハンカチで拭う美代を、咲良は唖然《あぜん》と見つめた。

はな子はどう対応すればよいか困惑した。家令がいれば的確な判断を下せるはずだが、中に通すか追い返すべきか、はな子には決めかねる。

「あの日は見送りできなかったものだから、後悔していたのよ。けれどまあ、幸せそうで本当に安心したわ」

咲良はじっと美代を見つめた。

(なんと、言えばよいのかしら)

巴家で下働きをしていた頃の生活は、今思うとつらく厳しいものだったのかもしれない。あの場所で生きねばならなかった咲良は、感情や思考を殺すことにより、なんとか正気を保っていた。

けれど、本当はどうであったのだろう。咲良は巴家の人間になにかを求めたかったのか。

これまでの排斥行為への謝罪、そして家族としての温かな言葉を聞きたかったのか。

「ごめんなさいね……ごめんなさいね」

「……奥様」

悲痛に眉をひそめて涙を流す美代を食い入るように見る。

「今さら謝っても遅いでしょうけれど、どうかこんな私を許してくれないかしら。馬鹿なことをしたわ。こんなにも愛おしい存在だったのに」

「私は……」

「顔を見せて。ああ、こんなに愛らしくなって。小鳥遊様にはよくしていただいているの？　できれば、これまでどんな暮らしをしていたのか、私に話してはくれない？」

まるで、本当の娘を愛でるような目をする。咲良の正面までやってくると、両手で頬を包み込んだ。

温かな肌の感触を覚えて、咲良は目を丸くした。

母親のぬくもりはとうの昔に忘れ去ったはずだ。

眠る前に子守唄を歌ってくれた。寒い夜は抱きついて眠った。それらの記憶は、焼却炉から昇っていく煙とともに虚無の空に消えていった。

咲良はまじまじと美代を見つめる。

（心から……泣いていらっしゃるの？）

美代はそのまま咲良を抱きしめた。優しく髪を梳《す》き、存在を確かめるように。

咲良はしばらく放心状態になった。

「本当よ？　本当に、猛省したの。私、どうかしていた」

「おく、さま」

「そうではなくて、母と呼んではくれないかしら」

「お……かあ、さま？」

咲良は言葉を噛みしめると、静かな水面に波が立ってゆくのを実感する。

「ああ、嬉しい」

「おかあ、さま」

「そうよ、咲良。かわいいかわいい私の咲良……」

本当に自分を受け入れてくれるのだろうか。温かい体温は本物だろうか。

もう二度と巴家の人間と関わる機会はないものだと思っていた。千桜の来訪があったあの日は、女郎屋に売り飛ばされる寸前で、咲良などどうとでもなれと言わんばかりの態度だったのに。

こうして会いに来てくれた？　まるで実母に抱きしめられているようだ。

「さ、咲良様……」

狼狽するはな子に美代は切なげに眉尻を下げた。

「突然訪ねてしまって申し訳ないけれど、水入らずでお話をさせていただけないでしょうか」

「で、ですが、旦那様の言いつけがございますので」

「きちんと夕刻までには送り届けます。ねえ、咲良、いいでしょう？」

咲良は美代をぼうっと見つめる。

（本気で泣いていらっしゃる……）

　わざわざ美代から歩み寄ってくれているのに、無下にするのは忍びない。少し話すだけなら……と、はな子の方を振り返る。

「必ず、夕刻までには戻ります。はな子さん、どうか私の我儘をお許しいただけないでしょうか」

　咲良がはっきり告げると、はな子は心配そうに眉を八の字に下げている。

「咲良様が、そこまでおっしゃるのなら……」

「ご温情心から感謝いたします！」

　咲良は少しばかり出かける支度をするために、一度私室へと戻った。後をついてくるはな子は、なにか言いたげに咲良を見つめる。

「おひとりでは心配です。差し支えなければ、私もついてゆきましょうか？」

「いいえ、お手間をおかけしてしまいますし、私ひとりで平気です」

「ですが……」

　ほんの少し話して、ここでの暮らしを伝えるだけだ。仮にも十七年住まわせてもらった恩義がある。矜持の塊であった美代が自ら出向いてくれているのだから、咲良も応えてやらねばならない。

「おそらく私は、ずっと逃げていたのです。逃避することで、保身していた。だけど、いつかは向き合わねばならないものなのでしょう」

咲良も千桜のようにありたい。正しい道をひたすらに突き進む勇ましい背中を追いかけ、手を伸ばす。

小鳥遊家に嫁いでから、人間の優しさや温かさを知った。同時に、悲しさや苦しみがあるのだと知った。

それが人間であり、さまざまな喜びや苦悩を背負って、誰もが力強く生きている。

だが咲良は、自分の置かれた境遇から逃げ、心を閉ざした傀儡になった。

弱い。弱すぎる。千桜の隣に立つためには、呪詛を克服するためには、そんな自分と決別せねばならない。

きっと、美代と対話をすればなにかが変わるだろう。千桜の片翼となるに恥じない生き方をしたいと強く願ったのだ。

小鳥遊家の敷地の外に一台の自動車が停められていた。美代に連れられ後部座席に乗車すると、ゆっくり発車する。

遠のいてゆく小鳥遊家の屋敷を見つめ、咲良は深呼吸をした。

(はな子さん、ご迷惑をかけてしまって、ごめんなさい)

少しだけ話をして、それが済んだら帰ろう。そうしたら帰宅した千桜を出迎えて、夕食前に眼帯を手渡す。

千桜から事前の許可を得ずに美代と会った……と告げたら叱られてしまうかもしれない。それでも咲良は、今きちんと向き合っておかねばならないと漠然と思ったのだ。

帝都の街が右から左へと流れてゆく。持参した巾着の紐《ひも》を握りしめ、隣に並ぶ美代をそっと見る。

（お母様……か）

少しだけ近づけたような気がして、胸がそわそわする。

「あ、あの」

「ほんっとうに、間抜けねぇ」

だがその刹那、美代の態度は一変した。小馬鹿にするような笑み。それだけではない。瞳に浮かぶのは、果てしなく深い憎悪。怒り。嫉妬。――殺意。

息をのんでいると、美代は持っていたハンカチを咲良の口もとに押し当ててくる。つと薬品の匂いがした。

（な、ぜ……）

先ほどまで優しげな笑みを向けてくれていたはずの美代はそこにはいなかった。

「んっ」

「お前を我が子だと思うはずがないだろうに」

「……っ」

「さあ、お眠り。目覚めたらとっておきの地獄を見せてあげるわ」

次第に咲良の意識が遠のいてゆき、視界がかすむ。

(旦那様……)

何者も寄せつけない冷たい瞳が心に浮かぶ。それとは裏腹の優しい言葉を思い出す。

『私がお前自身の分まで愛してやると誓おう』

いつからか咲良は、千桜の帰りを今か今かと待っていた。

千桜に借りた小説を読んでいる時、お茶の稽古をしている時、炊事の手伝いをしている時、家令の目を盗み、こっそりと屋敷の掃除をしている時。気を抜くと咲良はいつも千桜の顔を思い浮かべている。

そうすると、無限に心が温かくなった。いや、時として寂しさをも感じていたのかもしれない。

それらは、これまで咲良が知らなかった気持ち。

〝愛する〟ということ――。

咲良の瞳が伏せられ、体の力が抜けていく。

ただ、千桜に眼帯が渡せなかったことが心残りだった。

三

日が沈んだ頃、千桜が帰宅した小鳥遊家は騒然としていた。

「申し訳ございません……！　お坊ちゃま」

巴美代と出かけたはずの咲良が、日暮れになっても戻らない。はな子は顔を真っ青にしてその場で平謝りをする。

千桜は焦燥と苛立ちで思考が支配されつつも、当主として平静を保ちはな子を見やった。

「どうして外出を許した」

「そ、それは……申し訳ございません。すべて、浅慮であった私の責任でございます」

はな子はなにかを言いかけて、再び深々と頭を下げる。

油断をしていたのは自分のほうだと、千桜はため息をつく。

強引に縁談を進める形となったが、社交辞令として、藤三郎を通して巴家にはいくばくかの優遇をさせてもらっていた。巴家の人間はここしばらくおとなしくしていたために、監視の目を緩めていたのも問題だった。

恨みを募らせ、突然暴挙に出る可能性も考慮していたはずだったのに。

（あの時の女は巴美代だった。私が見失わなければ！）

千桜は静かに拳を握る。

（見間違いでなければ、呪詛に憑かれていた）

嫌な予感がする。鬼の干渉を受けた美代の精神は、闇よりも深い悪意で汚染されている。

（なぜ、取り逃がした）

ドン！と壁に拳を打ちつける。

おそらくはあの後、小鳥遊家を訪れたのだ。計画的な犯行であったのかは定かではない。よりによって家令の留守をつくとは、反吐《へど》が出る。

「お坊ちゃま、ただいま警察に捜索願いを出してまいりました……！」

「……無駄だ。あのような腑抜けた連中をあてにはできない」

家令が慌てて駆けてくると、千桜は苛立ちを押し込め、極めて冷静に制した。

「申し訳ございません……！　咲良様になにかあったら、私」

「いや、きつく当たってすまなかった。お前に責はない。ただ私が軽薄だったのだ」

「ですが……！」

はな子の訴えを受け流し、千桜を身を翻して屋敷の中を闊歩する。

温度のない瞳には、冷ややかな炎が灯る。これまでに戦場でいくつもの死線をくぐり抜けてきたが、何度窮地に立たされたとしても思考の冷静さは欠かなかった。

仲間の命も、自分の命も、決して軽んじているわけではない。だが、国を正しく導くためと考えれば、いつか散らすこともやむを得ないと考えていた。

千桜はなににも執着しなかった。奇妙な片目があるせいで、母に疎まれながら育ったため、自身をも冷静に客観視するようになった。

そうして、さまざまな心の色が浮かぶ社会を俯瞰《ふかん》し、時に憤りや疎ましさを感じながらも、正しく導くことを使命として今日まで生きてきた。だが。

（裏にいるのは、お前か。黒薔薇嶺二……！）

千桜は怒りで震えた。

世界は我がものであるとでも思っているのか。

（人間は、貴様の玩具ではない……！）

過激派連中の歪みにつけ込み、よからぬ働きかけをして、すべての民が平等であるはずの民主主義をも崩そうとしている。まるで遊び半分のような感覚だろう。

中庭で輝く狂い咲きの桜を見上げ、千桜はさらに憤りを募らせた。

（無能な龍め、こんなものを授けて、なんの意味があった）

春夏秋冬関係なく咲き誇っている不気味な桜。祖母はこの桜を大層気に入っていたようだが、千桜にとっては煩わしいものでしかなかった。

夜風にのって、前髪の隙間から桜色の龍の眼が現れる。

他人の悪意を見抜けたところで、謀《たばか》りごとに気づけたところで、千里を見通せたところで、それがなんだ。体の一部を龍にする神々しい力も、重要な時になんの役にも立っていない。

ぎりぎりと歯を噛みしめ、桜吹雪を作る巨木を冷たく睨みつける。

『今はそれを理解したうえで、やはり〝綺麗〟だと思っております』

咲良の言葉が脳裏に浮かぶ。安値な賛美ではない。咲良は千桜を理解してくれた。

なににも代えがたい大切な存在。

千桜にとってはじめてできた〝愛する〟者だ。

奪わせない。穢《けが》させない。そう簡単にくれてやるものか。

狂い咲きの桜を力強く見上げる。鮮やかな花びらが千桜を取り囲むように渦を作った。

龍の眼が宝石のごとく発光する。ほとばしる熱を持ち、千桜はとっさに手のひらを覆いかぶせる。

色が見えてくる。まっさらな、だが、儚く繊細な花びらの形をした心。

ひらひらとどこかへ向かって飛んでゆくそれを目で追いかける。

まるで千桜を呼んでいるようだった。『こちらに来い』と言われているような気さえした。

「咲良か……？」

儚く美しい心が千桜を呼んでいる。

燃えたぎるような左眼を手で押さえ、再び狂い咲きの桜を見上げた。

「本当に龍がいるのならば、私を導け。貴様が望む大義名分も、すべて私が引き受けてやろう」

桜の木は応じるように、神々しく光り輝く。

千桜はそれに背を向け、屋敷を後にした。

◇

咲良は夢を見ていた。

——これは、まだ母親が存命だった幼き頃の記憶。隙間風が吹き込む屋根裏部屋で、咲良は母親に抱きついている。

『ねえ、おかあさん、どうしてさくらたちは、みんなといっしょのごはんをたべられないの？』

咲良が尋ねると、母親は悲しげに微笑んだ。

『あの方々と私たちは、住む世界が違うからよ』

『なんで？　どうして？　ちがわないよ、おんなじいえにすんでるのに』

咲良には母親の言葉の意味が理解できなかった。

その日、巴家では親族が集まる豪勢な晩餐会が開催されていた。

日が暮れるとレコードがかかり、大層に飾り立てた人々が来訪する。厨房《ちゅうぼう》では、いつになく美味しそうな香りが漂っていたため、咲良は給仕中にお腹の音が鳴った。テーブルには見たこともないような料理が並び、きらきらと輝いて見えた。あまりじっと見入ってしまっては怒られてしまうため、咲良は厨房に戻り、皿洗いに徹する。水は冷たく、赤みがかかった手の甲はひりひりする。だが、痛いとは言えなかった。近くにいる大人たちに伝えれば、たちまちぶたれてしまうからだ。

くたくたになって疲れてしまっても、休んではいけない。お腹が空いても、我慢をしなくてはいけない。そうしなくては、髪の毛を引っ張られたり、激しく罵倒されてしまうから、咲良はつらくても耐え抜くしかなかった。

だが一方で、年が近い千代と喜代は思うままな生活をしている。いつでも好きなものを食べられ、綺麗な洋服を着られる。欲しいものを欲しいままにねだったかと思えば、飽きたらあっけなく捨ててしまう。

どうしてこれほどまでに違うものなのか。晩餐会に参加していた華族たちも同様であり、咲良と華族とではなにかが違うらしい。

豪華に盛りつけられた料理には手をつけず、前のめりで世間話に花を咲かせていた。そのどれもが咲良には分からない小難しい内容ばかりである。

晩餐会が終わる頃には大量の残飯が出てしまった。咲良にとっては一生かかってもありつけないようなご馳走ばかりであったが、華族たちはまるで興味がないらしい。

咲良は、残り物にありつけるのではないかと期待した。しかし、提供されたのはいつもの冷えた白米とたくあんのみ。母親は何度も頭を下げ、それを受け取った。

『あの方々は華族だから、お母さんや咲良とは違うのよ』

母親はよくそう言っていたが、幼い咲良にはやはり言葉の意味が理解できない。華族ではないから、咲良は千代や喜代のように玩具で遊べないのか。家族ではないから、腹が減ってしまっても我慢せねばならないのか。

とりわけ、咲良と百合子においては他の使用人よりも格段に待遇が悪い。まるで塵のように扱われる日々であった。

『どうして、さくらとおかあさんは〝かぞく〟じゃないの？』

咲良の父親が巴家の当主・藤三郎である事実は知っていた。一度も会話したことがなく、咲良にとっては怖い存在だったが、腹違いの姉である千代や美代と比べても、なぜここまで扱いが異なるものなのか。

尋ねると、母親の表情が暗くなる。

『ごめんなさいね……咲良、ごめんなさい』

母親は咲良を抱きしめると、それだけ口にしてなにも答えてはくれなかった。

おそらくは、母親の人生は地獄であったのだ。子を身ごもり、一度は生きがいを見出しかけた母親であったが、待ち受けるのは途方もない暗がりの日々。我が子のために強くあろうとする反面、心と体はひどくやせ細っていた。

『ごめん』ではなく、もっと他の言葉がほしかった。

たった一度でいい。

『それでも咲良さえいれば強くいられる』『産んでよかった』と言ってほしかった――。


カビの臭いがする。

ぼんやりとした意識が徐々に輪郭を形成すると、咲良はゆっくりと瞼を開けた。

冷たい床に寝転がっており、手足の自由がきかない。縄で拘束されている、と気づくのに少々時間がかかった。

窓がない薄暗い部屋。中央のテーブルには一輪の黒い薔薇が咲いている。

（ここは……）

起き上がろうとすると、頭に鈍い痛みが走る。

（確か、奥様と自動車に乗って、それから——）

どっと押し寄せる焦燥感、不安。咲良は美代に薬品を嗅がされ、意識を飛ばしたことを思い出す。

心から謝罪をしてくれたのではなかったのか。咲良も逃げずに向き合うべきだと考えて、はな子の制止を振り切って美代についていってしまった。

しかし、美代は今も変わらず咲良に怨嗟《えんさ》を募らせていたのだ。娘だと言ったのは嘘だった。

悲しいのかは分からない。ただ胸に居座るのは、虚しさだった。

咲良はおそらく少しばかり浮かれていたのかもしれない。実の母親が他界してからというもの、まだ幼かった咲良は素直に甘えられる存在がほしかったのだ。

やはり、身の丈に合わない願いだったのか……。

（あれからどのくらい眠ってしまったのかしら）

窓がないために、今が日暮れ前なのか、日暮れ後なのかを確認する術がない。

（早く、ここから出て、帰らねば……）

巴家で女中をしていた頃は、よく縄で縛られて折檻されていた。殴られても蹴られても咲良は抵抗をしなかったが、今は違う。手首や脚を動かし、縄を緩めようと試みる。だが、びくともしなかった。

咲良は床を這いつくばり、出口を探す。

ふと、千桜の顔を浮かべた。

(旦那様……)

おそらくは、すでに日は沈んでしまっているのだろう。帰宅した千桜の心中を思うと、咲良は胸が痛くなった。

「あら、ようやく起きたのね」

部屋の扉が開き、人が入ってくる。重い頭を上げると、そこには美代が立っていた。

「いっそこのまま目覚めなくてもよかったのだけれど」

美代の他に人の気配はない。千代や喜代は一緒ではないようだった。

美代は中央のテーブルに飾られている黒い薔薇をうっとりと眺めると、一歩、咲良のもとに近づいた。

「ふふ、もう少し強い薬をかがせておくべきだったかしら」

「……っ」

「ここまで来るのにずいぶんと時間がかかってしまったけど、お前が騙《だま》されやすい阿《あ》呆《ほう》でよかったわ」

瞳には憎悪が浮かんでいる。まるで、用意周到な計画があったようだ。あえて家令が不在にしている時間に尋ねてきた節さえもある。

小鳥遊家当主・千桜の逆鱗《げきりん》に触れるとしても、顧みることなく計画を実行した執念深さ。咲良は美代の表情を前にして、ぶるりと震え上がった。

「ねえ、教えてくれない？　どうして、お前だけが幸せそうにしているのか」

「……奥、様」

「汚らしい私生児のお前が、誰かに愛されるはずもないのに。おかしいわよね？」

まるで虫けらを見るような目だった。図に乗るな、と釘《くぎ》をさすような言い方にゾッとする。

咲良は重々に承知していた。小鳥遊家で生活をしてしばらくの間も、きっとそのはずだと思っていた。咲良の境遇へ向ける同情なのだろう、と信じて疑わなかったが、千桜は咲良を『愛する』と言ってくれたのだ。

千桜の言葉はすぐには受け入れられなかったが、時間をかけて、少しずつ理解していたつもりだった。

「私はね、納得ができないの。お前は生まれてくるべきではなかったはずなのに」

「や、め」

美代は咲良の正面で座り込んだ。

「なぜ、お前ばかり？」

「……おく、さま」

なにをされるのか、と身震いが止まらない。

「千代と喜代の縁談は、うまくいかなかったのに。なぜお前は」

美代はわなわなと震えると、咲良の髪を強く引っ張り上げた。

「……いたっ」

以前であれば、即座に平謝りをしていた。何事も自分に非があったのだと思い込むほうが楽だったのだ。しかし、当時のもぬけの殻のようだった咲良はもういない。

美代は、光の宿った咲良の瞳を目の当たりにしてさらに激昂した。

「なによ、その目」

髪を掴み上げる力をぎりぎりと強くする。

「……うっ」

「謝りなさいよ」

「………」

なにも言わない咲良を前にして、美代は苛立ちをよりいっそう募らせた。

「謝りなさいと言っているの!!」

パシン、と鈍い音が鳴る。

咲良はその場に倒れ込むと、ぎゅっと唇を噛んだ。

「私たちを差し置いて、本当に恩知らずな女。お前が愛されるはずがないでしょう」

「……めて、ください」

「なに、まさか歯向かっているの？　汚い私生児のお前が？　名誉ある華族の私に？」

あり得ない、ともう一度ぶたれる。何度も何度も咲良の頬を打つ美代の憎悪が晴れることはない。

咲良は謝罪の言葉を口にせず、ひたすらに痛みをこらえて沈黙を守る。なんの甲斐もないとは分かっていても、心の中で千桜の名前を呼んだ。

そして逡巡する。あの時、美代を信じずに突き放すべきだったのだろうか。巴家から目を背け、保身することが正しかったのだろうか。

それはなにか違う気がするのだ。咲良が千桜の妻になるうえで、乗り越えなければならない壁だった。

ただ、咲良は自分の力でわだかまりを解消させたかったのだが、浅はかだったかもしれない。

「許せない。許せない許せない許せない許せない」

美代は取り憑かれたように咲良の首もとへと両手を伸ばしてくる。ぎりぎりと締めつけ、呼吸を奪った。

「うっ」

「お前なんてね、いっそ死んでしまえばいい。そうよ、死んで詫びなさい。死んでしまえ！　アハハハッ、あの女のように滑稽にねぇぇ……!!」

美代の瞳の憎悪がさらに増してゆく。

美代は果たして以前からこのような顔をしていただろうか。肌は青白く、目もとには隈ができている。唇には血が通っていなかった。加えて焦点が合っていない瞳だ。まるで悪意に憑りつかれているかのようであり、おぞましく映った。

「――お楽しみのところ申し訳ございません」

意識が遠のきかけた時、気品ある男の声が聞こえた。

（この声は……）

第三者の介入に安堵するどころか、体温がさらに二、三度下がった気さえした。まるで闇夜に引きずり込むその声を、咲良は知っている。

声が聞こえると、美代はぴたりと動きを止める。解放された咲良は、咳き込みながらその場に倒れた。

「こんばんは、またお会いしましたねぇ。巴咲良様」

瞼を開くと、黒薔薇嶺二がうやうやしく礼をとっている。艶やかな髪に、西洋人形のような顔立ち、悪意に満ちた危険な人物が再び目の前に現れた。

（そ……んな、どうして）

咲良はぶるりと震え上がる。もしかすると美代は鬼の呪詛による影響を受けてしまっているのかもしれない。

「黒薔薇様……私、どうしてもこの女が許せないのです。いくら痛めつけても足りないのです」

「ええ、ええ、ですが、あなたのお役目はもはやここまででしょう」

美代の訴えは届かない。黒薔薇嶺二の興味は、ただ咲良だけに向けられている。

「そんな、お待ちください。黒薔薇様は、私のお気持ちを汲《く》んでくださるとおっしゃっていたではないですか」

「そうですね。ここまで彼女を連れてきてくださって、これでもあなたには感謝しているのですよ」

美代は焦燥を浮かべ、黒薔薇嶺二に縋りついた。このふたりがどうしてつながっているのかは咲良には理解ができない。ただ唯一分かるのは、美代の様子がおかしかったのは、黒薔薇嶺二が裏で糸を引いていたからだった。

「ご苦労様でした。ご婦人、私がよいというまで〝静かにしていてくださいね〟」

うろたえる美代を冷たく一瞥すると、美代は「分かりました」と不自然に押し黙った。

（なにが……起こったの……？）

つい先ほどまで激しい憎悪を向けていた美代からは、感情のいっさいが消えてしまっている。人形のように無機質な表情を浮かべている美代を見て、咲良は息をのむ。

「ああ、せっかく私がかけた呪詛がこんなにも薄れてしまっている」

「……っ」

「あなたの力は少々厄介だというのに。ふむ、もう一度呪ってみましょうか」

腫れ上がった頬を冷たい指先で撫でられ、悪寒がした。

怖い。あまりこの目に見られていたくはない。笑っているようで笑っていない。いっさいの光を宿さない生気のない目だ。

この場に長居してはならない。今すぐ逃げなくてはならない。だが、まるで体に力が入らない。

(旦那様……っ)

咲良は小刻みに体を震わせ、心の中で千桜の名前を何度も呼んだ。

「あなたの心の闇を、どうか私にお見せください」

黒薔薇嶺二は目を三日月形に細めて笑った。

◇

千桜は自動車に乗り込む直前に、はな子から小袋を手渡された。

「本来は私からお渡しするべきものではないのですが、今、お坊ちゃまのお手にあるべきだと思いまして……」

なにかと聞けば、咲良が真心を込めて刺繍した眼帯だという。千桜は言葉をなくし、綺麗な小袋を握りしめた。

(私のためを思って、作ってくれたのか……)

何事もなければ帰宅後に手渡されるはずだったと聞かされ、千桜は自分自身の浅はかさに苛立ちを覚える。

「咲良様は本当に、旦那様にお贈りできる時を心待ちにしていらっしゃいました」

「……そうか」

「最近は表情が豊かになられていたのに……どうして」

はな子が悔しげに唇を結ぶ。千桜は小さくため息をついた。

「巴美代を屋敷に来させてしまったのは、私の落ち度でもある」

日中に見かけた女は間違いなく巴藤三郎の妻・美代であった。茨のようにまとわりついている黒い心の色も確認できた。あの場で見失っていなければ、この状況は未然に防げたはずだ。

あの心の色を持っている人間の思考は危うい。反社会的な動きをする軍部の人間にもその兆候がある。

もし仮に黒薔薇嶺二になんらかの影響を及ぼされているとすれば、咲良の身が危ぶまれる。一刻も早く探し出し、連れ帰らねばならない。

「いいえ、お坊ちゃまはなにも悪うございません。私がもっと警戒をしていれば……」

はな子は表情を暗くし、俯いた。

「咲良様は嬉しそうにされていたのです。美代様のお言葉を信じたいと思われたのでしょう」

「ああ」

「だけど、あんまりです……！　咲良様がなにをしたというのですか。生まれてきた子に罪はないというのに！」

生まれた子には罪はない。その言葉を千桜は無言で噛みしめた。

千桜自身も生まれ持った左眼のせいで母親に疎まれ育った。

今の世は、他者と異なる境遇の者を受け入れることなく、頑なに拒む傾向にある。

だが、人間の尊厳が理不尽に踏みにじられていいはずがないのだ。

「必ず、咲良様を連れてお戻りくださいまし」

はな子は胸の前で力強く両手を握る。

「約束しよう」

「お坊ちゃま、くれぐれもお気をつけて」

家令も玄関先まで出てくる。千桜は踵を返して自動車に乗り込んだ。

ここは咲良の帰る家だ。相手が誰であろうが、奪わせやしない。

(待っていろ、今向かう)

ひらひらと飛んでいる心の花を、輝く龍の眼で追いかけた。

◇

黒薔薇嶺二の悪意に染まった瞳を前にして、咲良はいっそう震え上がる。

この薄暗い空間は、地下室か。咲良は今いったいどこに幽閉されているのか。考えようにも外の景色も見られないため、見当がつかない。

咲良が息をのむと、黒薔薇嶺二は目尻を下げて笑った。

「今、どんなお気持ちですか？」

「……気持ち？」

「憎らしいですか？　腹立たしいですか？　それとも恐ろしいですか？」

黒薔薇嶺二の目を見ていると、闇の底に沈んでゆく気がした。心の隙間を蝕まれてゆくような感覚がする。言葉を交わしているだけで、思考が侵されてしまう予感があった。

「こんなに殴られてしまって痛かったでしょう。どうして私が？　そう思いません？思いますよね？」

咲良は唇を結んで押し黙った。

黒薔薇嶺二が高揚しながら口を開いている背後で、美代は不自然に棒立ちになっている。まるで操り人形のように、心ここにあらずな状態のようだった。

「咲良様も、千代様や喜代様と同じ藤三郎氏の御息女。母親が異なるだけだというのに、なぜここまで虐げられなくてはならないのか？」

ぐにゃり、視界が歪む。気持ちが悪い。黒薔薇嶺二の声は、咲良の心に揺さぶりをかけてくるようだ。

「やめて……ください」

「いっそ彼女に謝罪していただきますか？　そうしなくては、恨めしくて恨めしくてどうにかなってしまうのではないですか？」

じわり、じわり、心の隙間から侵食をする呪詛。咲良は震えながらも、勇気を振り絞って抗った。

「……結構、です」

「あらあらなぜですか？　これまで散々苦しめられてきたのではないですか？　ご自身の生をも否定され続け、それでもなお、あなたは地を這ってでも生きてゆくしかなかったのでは？」

不快な声色が鼓膜にこびりつく。耳を塞ごうにも手の自由が奪われているため、それができない。

「実のお母様についても、不憫でなりませんねえ。首を吊って亡くなられたのだとか。あなたはそれを目の前で確認されたのだと聞きましたが、いったいどんなお気持ちだったのでしょう」

黒薔薇嶺二の目が三日月形にゆるりと歪む。まるでこの状況下で悦楽に浸っているような表情だ。

咲良の境遇に同情しているのではない。歪んだ興味関心を向けられているだけであることを、咲良は理解した。

「ひどいですねえ、我が子を置き去りにして、自分だけ楽になろうとするなんて」

寒い日の朝、母親が首を吊って死んでいる光景が脳裏に浮かぶ。

ミシミシと梁が軋む音がやけに耳に残っている。変わり果てた母親の姿を前にして、咲良は声を出すことができなかった。

悲しかったのか。いや、虚しかった。

「あまりに無責任ですねえ？　優しい母親のふりをして、本当は咲良様をずっとずっと後ろめたく思っていたのでしょうか？」

「……やめて」

さみしい。悲しい。つらい。憎い。どろどろとした感情が咲良の中に流れ込んでくる。か細い声で抵抗するが、うまく息ができなくなってくる。

「あなたを産んだことを死んで詫び、身勝手に生から逃げたお母様を憎みましたか？　恨んだでしょう？　恨んだでしょうとも」

「やめて、ください」

黒薔薇嶺二はにたりと口角を上げる。闇夜のごとき瞳はおぞましく、見ているだけで底なし沼へ落ちてゆく感覚があった。

油断をすれば、漆黒に支配されてしまう。黒い影から数多の手が伸び、咲良を引きずりこもうとする。

恨んでなどいない。いや、本当に断言できるだろうか。それは綺麗ごとに過ぎず、少しは恨んだのではないか。

なぜ、咲良をおいて死んでしまったのか。死んで詫びるのならばなぜ、咲良を産む決断に至ったのか。

のたうち回って嘆きたかった。慟哭《どうこく》するほどに悲しかったはずだ。絶望の縁《ふち》に立たされ、すべてを呪いたいと思ったのではないか。

「そんなあなたとお母様をここまで陥れたのは、誰でしょう。そう……巴家ですねえ」

バチバチと焼却炉が燃える音がする。母親が焼かれていく光景を幼い咲良が呆然と見つめる中、誰ひとり母親の死を悲しまなかった。ろくに弔いもせず、むしろ迷惑そうに眉をひそめるばかりであった。

人間の死がこれほどまでに呆気ないものだと知った。

「ああどうして！　あんまりだ！　あなた方を虫けらのように扱い、実のお母様を死に追いやった！　一方でのうのうと生きている巴家の皆様を許せなかったのではないですか？」

「ちが――」

「違わないはずです。悔しかったのではないですか？　無念だったのではないですか？　この世で唯一、あなたを必要としてくれていたはずのお母様にも見限られてしまったのだから！」

黒曜石のごとき瞳が咲良の目の前でゆらゆらと揺れている。潜在的な負の感情に訴えかけるような、危うい瞳だ。

「まともな葬儀も出してもらえず、お母様の遺骨ひとつ残っていない。ああ、なんてひどい家だ。憎い。憎らしい。いっそ、跡形もなく滅んでしまえばいいのに」

「おやめ、ください……！」

「彼らが阿鼻叫喚する顔が見たい！　絶望の淵に追いやりたい！　巴家など、燃えて消え去ってしまえと思いませんでしたか？」

「……っ」

これ以上、黒薔薇嶺二の悪意のある声を聞いていたくなかった。咲良は黒光りしている瞳から視線を逸らし、固く目を閉じる。

震えている咲良に反して、黒薔薇嶺二は高揚していた。

「そうです。闇に身を委ねて……こちら側に来るのです」

「……うっ」

声に促されるように、閉ざされていた咲良の瞳が再び開かれる。自由が利かなくなった体は、黒薔薇嶺二の胸の中へと吸い込まれていく。そして、青白い指が咲良の顎に伸び、目と鼻の先に黒薔薇嶺二の両の目が映り込んだ。

「鬼術〝黒薔薇〟。この者の心を、呪い殺しなさい」

漆黒の瞳は、まばゆい紅に変わる。ぎらりと輝くそれを見ると、咲良の思考は次第に曖昧になる。思い浮かべるのは千桜の威風堂々とした横顔だ。

（眼帯をお渡ししたかった）

狂い咲いている桜の木を見つめる千桜。疎まれながら育った咲良に、千桜はかつて自愛しろと伝えてくれた。だが、それは千桜自身にも言えることだ。

どうか自分自身を嫌わないでほしい。実の母親から拒絶されてもなお、たくましく生きている。それだけでなく、国のために大義名分を背負う千桜は立派である。

いつか千桜が伝えてくれた言葉をそのまま返したい。

『毎日を懸命に生きるお前を、私は大切にしたいと思っている』

この気持ちが、きっとそうなのだ。温かくて、優しい。

(伝えたかった)

千桜が自愛できないのなら、今度は咲良が──。

「その薄汚い手を放せ、黒薔薇嶺二」

意識が朦朧《もうろう》とするさなか、毅然とした声が一閃《いっせん》した。

◇

花の形をした心の欠片が飛んでいった先には、廃屋があった。人気のない林の中に建てられた、そこに、咲良がいる。

自動車を横付けした千桜は、蔦《つた》が絡みついた廃屋を冷たく睨みつける。

不自然なほどに警備の手がぬるい。探し出す手立てもないだろうと舐められていたのか。扉を開け放ち中に入ると、カビの臭いがした。

廃屋の中は人の気配がなく、壊れた家具が置いてあるだけでまるでがらんとしている。

おかしい……間違いなくここに咲良がいるはずだ。

千桜の左眼が先ほどから疼《うず》いている。咲良を象徴する淡く儚い心がこの場所を示している。

辺りを見回すと、壁の一部に不自然な箇所があった。明らかに材質が異なるその部分を軽く叩くと、先に空間がある音がする。

（この先か）

よく見なければ分からない隠し扉の仕掛けが施されていた。千桜は軽々と開け放ち、地下へとつながる階段を発見する。造りから鑑みるに、戦時下に使われていた防空壕《ぼうくうごう》の名残《なごり》のようだ。

薄暗い階段を降りると、細長い通路がある。レンガ造りの壁は年月が感じられて、長い間手入れがされていないようだった。

（やはり、ここにいる）

奥に進めば進むほど、花の形をした心の欠片の濃度が増す。足を踏み出し、最奥につながる通路を進んだ。

　咲良が幽閉されていた地下室には、見るに堪えないほどの漆黒が渦巻いていた。その場でなぜかもぬけの殻と化している美代はもちろんだが、その中でひと際黒く染まっている男がいる。

「お前が、黒薔薇嶺二か」

　これほどの醜悪な呪詛を宿す者が、人間であるはずがない。龍の瞳を持つ千桜にはひと目で分かった。

（……ふざけるな）

　千桜の中で生じる静かなる激昂。黒薔薇嶺二はゆっくり振り返ると、気味の悪い微笑を浮かべる。

（咲良は……無事か）

　黒薔薇嶺二のそばには、目を丸くして千桜を見つめる咲良がいた。手足を拘束され、床に倒れ込んでいる。頬が赤く腫れ上がっているのは、おそらくは美代に何度か殴られたのだろう。

　最悪の事態は避けられたか。だが、このような蛮行は許されない。負の感情を制御できぬ美代にもほとほと呆れるが、それを利用する黒薔薇嶺二には憤りが隠せない。

「おやおや……これは驚きました。小鳥遊千桜陸軍少佐殿ではございませんか」

「貴様のような下賤と挨拶を交えるつもりはない。咲良を返してもらおう」

恭しく礼をとる黒薔薇嶺二を一瞥し、千桜は咲良のもとへと歩みを進める。

「旦那様……どうして」

「お前が、私を呼んだのだ」

やはり、あの心の欠片は咲良のものだった。

闇の中でも存在を保とうとしている淡い心。咲良の心が千桜を呼んでいたのだ。それをこの特異な龍の眼が結びつけた。

これほどの悪意に満ちた空間に居続けては、よほど強固な心を持った者以外は易々と影響を受けてしまうだろう。

咲良を言葉で唆し、陥れるつもりだったのか。

真っ青な顔をする咲良の肩を抱き、冷たく黒薔薇嶺二を睨みつける。

「まさか、この場所を突き止めてしまうとは恐れ入りました」

「咲良に何用だ。巴美代は貴様の差し金だろう」

ちらりと美代を見れば、魂を抜かれたように呆然としている。美代を使役し、ここで咲良を呪い殺すつもりだったのだろう。

だが、なぜ咲良なのか。

「滅相もございません。私は、ご婦人のご相談を聞き入れただけでございます」

「そうして、どれほどの手駒を手に入れてきた」

千桜は言葉を鋭くし、冷ややかに目を細めた。

「この世は、お前のような化け物の遊び場ではない」

冷たく告げると、黒薔薇嶺二は中央のテーブルに飾られている黒い薔薇を恍惚げに見つめた。

咲良はこの国の実権を握る議員でもなければ、軍部の人間でもない。華族の当主と使用人の間に生まれただけの一般市民だ。

「ひどいですねえ。あなたもさほど私と変わらないでしょうに、私ばかりを化け物呼ばわりするのですか？」

「なにが言いたい……？」

千桜が険しく眉をひそめると、黒薔薇嶺二はくつりと笑った。漆黒の瞳は、千桜の中に宿る存在を見通している。

「やんごとなき龍とやらが、とても平凡で、とても退屈な世を創造した。私がそれを壊そうとすると、いつの世でも邪魔が入りました。肉体を手放した龍は、自身の瞳を人間に継承させ、私の前に送り込んできたのです。――そう、あなたのようにねえ」

クスクスと笑う黒薔薇嶺二を前にして、千桜は眉をひそめる。

「阿鼻叫喚する世界こそが美しいというのに、どうしてご理解いただけないのでしょうか」

「…………」

気が狂っている。人間の言葉などはいっさい通じない。

千桜は険しい目で黒薔薇嶺二を睨みつける。

「私の計画の邪魔をする龍の傍らには、決まって巫女《みこ》がいたのです。彼女たちの唄は、十八歳を迎えると開花し、私の呪詛を完全に無効化する。そうして龍と力を合わせて私を排斥しようとするものだから、早いうちに殺しておこうと思っていたのですよ」

黒薔薇嶺二の言葉などいちいち真に受ける必要はない。だが、咲良に呪詛がかけられていた理由がずっと不可解だった。

(咲良に……？　そんな力など、あるわけが……)

状況をのみ込めずに震えている咲良へと、鬼は視線を向ける。

「ねえ？　〝桜の眷属《けんぞく》〟の──お嬢さん」

次の瞬間、薔薇嶺二の瞳が真っ赤に染まった。とたんに禍々しい瘴気《しょうき》のようなものが吹き上がった。

千桜は咲良を自らの背後へと隠すと、黒薔薇嶺二を睨みつける。

(桜の、眷属……？)

なぜ咲良が標的になっているのか。桜の眷属とはいったいなんなのか。

そして、黒薔薇嶺二の周囲に浮かぶ呪詛は、およそ人間の持つそれではない。深淵の先の深淵。果てしない黒。

「龍は、どうしてこのようなつまらない世を作ったのか。人間などに統治させ、民主主義……平和などと。もっと争いましょう。もっと憎み合いましょう」

直接手を下さずに人間を操れる――呪われた力。黒薔薇嶺二はこれまでも人間社会にまぎれ、争いごとを誘発してきたのかもしれない。

「貴様……ふざけるなっ」

黒薔薇嶺二がかっと目を見開くと、禍々しい茨が千桜へと迫った。

人知を超えた力。これは、龍の目を持つ千桜の視界にしか映らない。

背後にはなにが起こっているのか分からず、肩を震わせている咲良がいる。

（私が、守らねば）

とっさに立ちふさがると、左眼が熱く燃えたぎった。どくりと心臓が脈を打ち、暴れ狂うような力が湧いてくる。

この感覚を、千桜は知っている。十三年前もそうだった。体が龍に支配されたあの時と同じだ。

「龍よ、力を貸せ！」

千桜が叫ぶと、地響きのような鳴き声が聞こえてくる。

刹那、千桜の右腕には青白い鱗《うろこ》が浮かんだ。鋭く大きな爪。異形の姿。右手に宿っているのは、龍の爪だ。

「旦那様っ……！」

息をのむ咲良が、とっさに千桜のもとへ近寄ろうとする。それをすかさず制止し、黒薔薇嶺二をきつく睨みつけた。

「咲良、下がっていろ！」

千桜のもとに龍が降りてくる感覚。燃えたぎる熱はこの身をも焼くようだ。

「……はっ!!」

右手を振り下ろすと、衝撃で地面が震える。強烈な風が吹きつけ、一帯を切り裂いた。迫りくる禍々しい呪詛は、跡形もなく消え去ったのだった。

「やった……か……っ」

しかしその代償は大きい。一度力を使うと、鱗がはらはらと剥がれ落ち、もとの腕に戻った。人知を超えた力を行使した反動か、全身を打ちつけたような激痛が走り、苦悶《くもん》する。

「ふふふ、お見事。こうなってしまっては、私の茨はもう使いものになりません」

黒薔薇嶺二は降参だとばかりに両手を広げる。

「……くっ」

「計画は失敗してしまいましたねぇ。ですがやはり龍の力は人間の手には余る。龍はいったいなにを思って、自身の瞳を人間に授けたのか」

「待て、お前は……ここで仕留めるっ！」

千桜が絶え絶えに言い放つと、黒薔薇嶺二はすうと目を細めた。

「そんな体では無理でしょう。あと少しのところではありましたが、今夜はここまでとさせていただきましょうか」

黒薔薇嶺二はのらりくらりと笑うと、美代に横目を向けた。

「ご婦人、あなたはもう用済みです」

不自然なまでに棒立ちだった美代が、黒薔薇嶺二のひと声によりゆらりと動きを見せる。

「そうですねぇ……ふむ、炎の中で踊りながら焼け死んでいただきましょう」

◇

咲良には黒薔薇嶺二の言葉を理解しきれなかった。桜の眷属とはいったいなんなのか。咲良は華族当主と使用人の間に産み落とされた私生児だ。なんの力だって持っていない。

それに、あの瞬間。見間違いでなければ、千桜の右手には龍が宿っていた。天から巨大な龍が降り立ち、千桜に力を与える様子が咲良には見えていた。

禍々しい呪詛を断ち切る爪。鱗をまとった敬虔な龍。なぜか咲良には四歳の頃より、ずっとずっと前にも目の当たりにしたことがあるような感覚がした。

だが、脅威を排除し、安堵するのも束の間だった。

「ご苦労様でした。人形のように踊り狂って死んでください」

あまりに酷薄な命令に、咲良は耳を疑った。

「分かり……ました」

まさか、そのように破綻した命令に従うはずもない。だが、美代は無機的に頷くと、部屋の隅に置かれている銀色の缶を手に取ったのだ。

「お待ちください、奥様……！」

咲良が咄嗟《とっさ》に呼びかけるが、美代の耳には届かない。缶の蓋を開けると、頭から透明な液体を被った。

「それでは私はこれにて。またどこかでお会いいたしましょう――おふたりとも」

黒薔薇嶺二は恭しく頭を下げると、地下室から姿を消した。咄嗟に千桜が追いかけようとするが、美代の様子が気がかりだった。

「こんなにみじめな思いをするくらいなら……死んだほうがマシね」

明らかに正気を失っている。目は虚ろであり、思考を侵されている気配がある。

「おく、さま」

「死にましょう……ああ、そうね、それがいい」

鼻をつくこの臭いは油か。美代は懐からマッチを取り出すと、側面で擦って火をつけた。視線が定まっていない美代の様子は、明らかに異常だ。

千桜は警戒をして咲良を自らの背後に隠した。だが、咲良は千桜の制止を振り切り、前に出ようとする。

「お止めせねば……」

近づくのは危険だとは分かっていた。

長い間咲良を虐げ続けてきた人間であるが、それでも無下にはできなかった。持っているマッチを手放してしまったら、美代は業火の中で息絶えてしまう。

(なにか……なにかできないのかしら)

咲良は、ゆらゆらと燃えているマッチの先端を見つめた。

「待て、咲良——」

千桜の制止を振り切り、前に出る。今にもマッチを床に落とそうとしている美代に一歩ずつ近づいた。

「ねむれぬこよ、ねんねんころり」

目を閉じ、口ずさむ。黒薔薇嶺二の言葉には半信半疑だ。だけど、今は猶予がない。もし本当にこの唄に力があるというのなら、今目の前で苦しむ人を助けるために使いたい。

満開の桜を脳裏で思い浮かべる。美代のもとまで広がってゆき、優しく包み込むように。

（大丈夫。強くあれる）

それらはやがて咲良自身にまとわりつく邪悪な呪詛も消し去っていく。

「おはなのかおりで、ねんねんこ。
かけまくもかしこき、りゅうのかみ。
そのけがれをしずめたまへともうすことを、きこしめせ」

怒りや悲しみは、心の奥底で眠ってしまえばいい。人間は本来安らかであるべきなのだろう。

「こころしずめて、おやすみよ」

咲良が唄うと、千桜は美代の周囲を凝視して目を丸くしている。

虚ろだった美代の目が冴《さ》え、表情が戻ってくる。

やがて咲良は美代の正面までたどり着くと、燃えているマッチをそっと手の中から抜いた。

「奥様、どうかお心を確かに」

美代は周囲を見回し、自分が置かれている状況を理解できていない様子だった。

「私はこれまで、自分自身を愛せずにおりました」

「…………」

目の前に憎むべき咲良がいる。そう頭では理解していても、以前ほどに怒りが湧いて出てくることはない。唄に癒され、毒気を抜かれてしまったらしい。

「母が死んで詫びたように、おそらくは、自分自身の生を喜ばしく思っていなかったためです」

これまでは、自分自身に執着がなかった。疎まれることも当然と考えていた。何度殴られても、蹴られても、どこか他人ごとだった。いつしか感情や痛みを忘れ、人形のように生きていた。

「ですが、今は……違うのです」

このようなことを伝えても、逆上を煽るだけかもしれない。しかし咲良は、伝えねばならないと決意を固めた。

「旦那様が愛してくれる自分自身を、愛したいから……だから、死ねません」

巴家の人間に真っ向から抗うのははじめてだった。咲良はいつも、思考を放棄して平謝りするのみであった。

でも、今後千桜の妻になるうえで、どうしても美代と話をしておきたかったのだ。

隣に並ぶにふさわしい人間になるために目を背けてはいられなかった。

「そんな目を……するようになったのね……お前は」

美代は力なくくずおれた。

「……はい」

「どんなに殴っても泣き喚きもしないお前が、心底……気持ち悪かった。お前を受け入れないことで……私自身を慰めていたのよ……」

咲良はただ、じっと美代を見つめた。

◇

「そうでもせねば己の矜持を満たせないとは……」

千桜は咲良の手にしたマッチを引き抜き、さっと火を消した。氷のごとき瞳を向けると、威風堂々と言い放つ。

「やはり、この世はどこかおかしい」

咲良を陥れようとした美代を擁護するつもりはない。だが、現在の日の本のあり方には甚だ疑問を覚える。

人々は未だに地位名誉に縋りついている。政治の実権を握るのも、結局は華族なのだ。一部の人間はそれゆえに己が力を過信し、金や名声、力がすべてであると勘違いをする。そうした負の感情を黒薔薇嶺二のような化け物に利用されてしまうのだ。

そしてまた、己の未熟さを痛感する。この身に宿った龍の瞳にようやく使いどころを見出したというのに、あれでは咲良を守ることができたとはいえない。

「頭をよく冷やすことだ」

「…………っ」

冷ややかな視線を浴びた美代は、力なくうなだれる。

「咲良に免じてこの一件は不問とするが、二度とその面を見せる……な」

「旦那様っ！」

ぐらりと体が傾き、咲良がそれを支えた。千桜の額には脂汗がにじんでいる。鉛のように体が重く、自由がきかない。額を抑えて眉をひそめる。

「やはり、お体が……っ」

「大事ない。それより……」

脱力して息を吐き、咲良の頬に手を添える。

「お前についていた死の呪詛は、綺麗に消えたようだ」

「……っ！」

「よかった。本当に」

生きていてほしい。

笑っていてほしい。

この想いはきっと、今の咲良には届いている。

目に涙を溜め、咲良が頷く。千桜は表情を緩めると、咲良を大切そうに抱きしめたのだった。

終章

咲良が無事に帰還すると、家令とはな子は涙ながらに出迎えた。冷え切った体を温める必要があるということで、即座に風呂に連れられる。終始おどおどする咲良を見つめ、千桜は安堵の微笑を浮かべた。

しばらく経ったのち、事態を聞きつけた藤三郎から電話が入った。一件についての謝罪と、美代は別荘で療養することになったという報告があった。

今回の件は黒薔薇嶺二が一枚噛んでいたとはいえ、火種は巴家側にある。これまで咲良にしてきた仕打ちを思えば、今にでも家を取り潰してやりたいところだが、それは咲良が喜ばないだろう。今後は巴家側からの咲良への接触はいっさい許可しないという誓約を課すことで、巴家への処遇については不問とした。

各方面への対応を済ませ、千桜は私室で書類に目を通す。

廃屋の地下室で見た桜の花は、いったいなんであったのか。黒薔薇嶺二の意味深な発言にしろ、妙に引っかかる。

千桜は、咲良を屋敷に連れ帰ってからもしばらく思案していた。

◇

「……旦那様」

湯浴みを済ませたのち、咲良は千桜の私室を訪ねた。襖越しに声をかけ、おずおずと身なりを整える。

「入れ」

ひとつ返事が聞こえると、咲良は襖を開けた。文机に向き、書類に目を通していた千桜はこちらを振り返る。

「このたびはご心配をおかけしてしまい、申し訳ございませんでした」

「謝罪はいい。それよりも傷の具合はどうだ」

千桜に優しく声をかけられ、咲良はぐっと唇を結ぶ。

「……橘様に手当を施していただきました。痕も残らないだろうと」

「そうか」

千桜の私室にてしばしの沈黙が流れた。どちらから口を開くべきか、互いの様子をうかがう雰囲気が胸をくすぐった。

「あの……旦那様」

先に切り出したのは咲良だった。

「どうして、あの場所が？」

行き先もなにも告げずに出てしまったのに、なぜ千桜は咲良を探し当てられたのか。廃屋があった土地にはなにも縁がなかったのだ。

「お前が呼んでいた」

「私が……？」

「いや、正確にはお前の〝心〟か」

（私の……心）

黒薔薇嶺二と対峙《たいじ》していた時、咲良は何度も千桜を思い浮かべていた。常に毅然とした態度で社会に挑む千桜のそばにいたいと願った。

「あの……私、まだ分からないことがたくさんあるのです」

〝桜の眷属〟とはなんなのか。千桜の龍の瞳のこと。黒薔薇嶺二の正体。鬼とは、なんなのか。

自分のけじめのためと思い、美代の誘いについていったことも軽薄だった。咲良もあやうく飲み込まれそうになった恐ろしい呪詛。人間の心の闇につけ込み、玩具のように扱う。都合が悪くなれば、自死を命じて廃棄しているのだろう。

悪意に満ちた瞳を思い浮かべるだけで寒気がした。

「お前とはじめて出会った夜に口ずさんでいた歌だが、あれは母親に聴かせてもらっていた子守唄だったたな」

「……はい」

千桜の問いかけに、咲良はこくりと頷いた。

千桜に聴かせるのはこれで二度目だった。ダンスホール・カナリアでは、いてもたってもいられずに途中で逃げ去ってしまったが。

思えば、小鳥遊の屋敷の中で口にする機会もなかった。

「あの場で、不思議な光景を目にした。辺り一面に桜の花が咲き、お前の唄は鬼の呪詛に干渉していた」

咲良は何度か瞬きをして千桜を見つめる。

(桜の花……？)

そういえば、カナリアの庭園で声をかけた令嬢もそのようなことを言っていた。あの時も、殺意に侵された令嬢をただ止めたい一心で歌った。優しい桜の木を思い浮かべ、どうか心が安らかになってほしいと願っただけだ。

あの子守唄にそんな力があったなんて、咲良は知らなかった。

「桜の眷属……か」

千桜は心当たりがあるように呟く。

しばし沈黙が流れると、咲良はふと重要なことを思い出した。

「あ、あの、旦那様」

そうだ、こうしてはいられない。千桜が帰ってきたら、完成した眼帯を贈ろうと考えていたのだった。

「じ、実はお渡ししたいものが」

このような時に不謹慎かもしれない。いや、無事に生き延びたからこそ、ほんの少しの時間さえも惜しくなる。

咲良が立ち上がろうとすると、千桜が静かに制してくる。

「渡したいものとは、これだろう」

するとどうして、文机の引き出しから見覚えのある小袋が出てくるではないか。咲良は訳も分からずに狼狽した。

「ど、どうしてそれを！」

「出立時に、形見だと言わんばかりにはな子から手渡された」

「は、はな子さんったら！」

「一度受け取ってしまったが、もう一度お前の手から渡してくれるか？」

千桜は眉尻を下げて小さく笑った。普段は少しも口角を上げないのに、と咲良の胸は熱くなる。

眼帯が入った小袋が咲良の手もとに戻される。

近頃、咲良の心臓はおかしい。千桜を思うと、異常なほどに脈を打つ。

「だ、旦那様。その、これは……少しでも旦那様のご負担をなくせたらと思って……」

「ああ」

「きっ、気休め程度にしかならないかもしれません。でも、あまり、その、左眼を使いすぎるのも、お体に障るでしょうし……だから、よろしければ、使っていただきたいのです」

伝えたいことがたくさんあった。

はじめて、人の温かさを知った。はじめて、想われることを知った。今の咲良には、千桜に向けるこの気持ちの正体が理解できている。

「これからも、ご迷惑をたくさんおかけするかもしれません。今回の件も、私の安直さが招いたこと。本当にふがいない人間で、とてもじゃないけれど旦那様のようなご立派な男性には釣り合わないでしょう。しかし……」

どうしても、譲れない。はじめて、欲を抱いた。

「私はおそばにいたいのです。今は釣り合わなくとも、努力をして、いつか……そんな旦那様の隣に堂々と並べるような女性になりたい。そんな夢を抱いてしまっているのです」

大正の世の混沌を象徴する快楽の園で、咲良と千桜は出会った。その出会いは偶然か、それとも龍の導きか。

つらつらと述べて、急に我に返る。とたんに羞恥心が湧き上がった。

「そ、その、わ、わ、私は……っ」

くすぶる気持ちを吐き出そうとするが、出てこない。そんな咲良の頬へ、綺麗な指が伸びてきた。

「──愛している」

嘘偽りのないまっすぐな言葉。慈愛に満ちた瞳が咲良へと注がれた。

「……っ」

はくはくと唇が開き、頭の中が真っ白になる。

「先に言うな。それから……」

横を向く千桜につられて時計の針を見ると零時を迎えていた。

「生まれてきてくれてありがとう」

「……っ!」

誰かに愛を伝えられたことなど、今まではなかった。誰にも生を祝福されていないのだと思っていた。罵られ、虐げられるばかりで、自分が誰かに愛されることなど考えもしなかったのだ。

「その……あの」

こそばゆい。だが、心地がいい。

「わ、私も、旦那様を……心からお慕い申しております」

伝えると、千桜が優しく微笑む。顔が燃えるように熱くなったが、つられるようにして、咲良の口もとも緩んだ。

これは、優しく温かい愛を知る話。

庭先に咲く桜の花びらが、ひらひらと舞い降りた。

【完】

あとがき

はじめまして。一ノ瀬亜子と申します。

このたびは本書をお手に取っていただき、誠にありがとうございます。

当作品はもともとサイトに掲載していた作品になり、このたびの書籍化に向けて、大幅に内容を修正してお送りしております。

執筆していた当初は、まさかこのようなご縁があるとは思っていなかったため、お声かけいただいた時は本当に驚きました。

また、当作品は一ノ瀬史上はじめての和風ロマンスで、かねてよりチャレンジしたいと思っていたジャンルだったので書いていて楽しかったです！

大正時代……いいですよね。とても好きです。執筆中に大正喫茶のＢＧＭを流して気分を高めていたことを思い出しました。

咲良と千桜が生きる世には、たくさんの平等と不平等が混在しています。そこから生まれる善意と悪意に触れながら、力強く生きていこうとするふたりを温かく見守っていただけたら嬉しいです。

さて、最後になりますが、この作品を見つけてくださった担当様。修正作業においてご意見をいただきました ライター様。素敵な表紙を描いていただきましたイラストレーター様。関係者の皆々様。そして、読者の皆様。

ありがとうございました。

ひとりでも多くの方にご縁があることを願っております。

一ノ瀬　亜子

この物語はフィクションです。実在の人物、団体等とは一切関係がありません。

一ノ瀬亜子先生へのファンレターのあて先
〒104-0031　東京都中央区京橋1-3-1　八重洲口大栄ビル7F
スターツ出版（株）書籍編集部 気付
一ノ瀬亜子先生

余命わずかな花嫁は龍の軍神に愛される

2024年6月28日　初版第１刷発行

著　者　一ノ瀬亜子　

発 行 人　菊地修一
デザイン　フォーマット　西村弘美
　　　　　カバー　北國ヤヨイ（ucai）
発 行 所　スターツ出版株式会社
　　　　　〒104-0031
　　　　　東京都中央区京橋1-3-1　八重洲口大栄ビル7F
　　　　　TEL　03-6202-0386　（出版マーケティンググループ）
　　　　　TEL　050-5538-5679（書店様向けご注文専用ダイヤル）
　　　　　URL　https://starts-pub.jp/
印 刷 所　大日本印刷株式会社

Printed in Japan

ISBN　978-4-8137-1603-7　C0193

スターツ出版文庫　好評発売中!!

『大嫌いな世界にさよならを』　音《おと》はつき・著

高校生の絃は、数年前から他人の頭上にあるマークが見えるようになる。嫌なことがあるとマークが点灯し「消えたい」という願いがわかるのだ。過去にその能力のせいで友人に拒絶され、他人と関わることが億劫になっていた絃。そんなある時、マークが全く見えないクラスメイト・佳乃に出会う。常にポジティブな佳乃をはじめは疑っていたけれど、一緒に過ごすうち、絃は人と向き合うことに少しずつ前向きになっていく。しかし、彼女は実は悲しい秘密を抱えていて…。生きることにまっすぐなふたりが紡ぐ、感動の物語。

ISBN978-4-8137-1588-7／定価737円（本体670円+税10%）

『余命半年の君に僕ができること』　日野祐希《ひのゆうき》・著

絵本作家になる夢を諦め、代り映えのない日々を送る友翔の学校に、転校生の七海がやってきた。七海は絵本作家である友翔の祖父の大ファンで、いつか自分でも絵本を書きたいと考えていた。そんな時、友翔が過去に絵本を書いていたこと知った七海に絵本作りに誘われる。初めは断る友翔だったが、一生懸命に夢を追う七海の姿に惹かれていく。しかし、七海の余命が半年だと知った友翔は「七海との夢を絶対に諦めない」と決意して――。夢を諦めた友翔と夢を追う七海。同じ夢をもった正反対なふたりの恋物語。

ISBN978-4-8137-1587-0／定価715円（本体650円+税10%）

『鬼の花嫁　新婚編四～もうひとりの鬼～』　クレハ・著

あやかしの本能を失った玲夜だったが、柚子への溺愛っぷりは一向に衰える気配がない。しかしそんなある日、柚子は友人・芽衣から玲夜の浮気現場を目撃したと伝えられる。驚き慌てる柚子だったが、その証拠写真に写っていたのは玲夜にそっくりな別の鬼のあやかしだった。その男はある理由から鬼龍院への復讐を誓っていて…⁉花嫁である柚子を攫おうと襲い迫るが、玲夜は「柚子は俺のものだ。この先も一生な」と柚子を守り…。あやかしと人間の和風恋愛ファンタジー第四弾‼

ISBN978-4-8137-1589-4／定価671円（本体610円+税10%）

『冷血な鬼の皇帝の偽り寵愛妃』　望月《もちづき》くらげ・著

鬼の一族が統べる国。紅白雪は双子の妹として生まれたが、占い師に凶兆と告げられ虐げられていた。そんな時、唯一の味方だった姉が後宮で不自然な死を遂げたことを知る。悲しみに暮れる白雪だったが、怪しげな男に姉は鬼の皇帝・胡星辰に殺されたと聞き…。冷血で残忍と噂のある星辰に恐れを抱きながらも、姉の仇討ちのために入宮する。ところが、恐ろしいはずの星辰は金色の美しい目をした皇帝で⁉ 復讐どころか、なぜか溺愛されてしまい――。「白雪、お前を愛している」後宮シンデレラストーリー。

ISBN978-4-8137-1590-0／定価671円（本体610円+税10%）

スターツ出版文庫　好評発売中!!

『きみの10年分の涙』　いぬじゅん・著

学校では保健室登校。家では、浮気をして別居中のお父さんといつも機嫌の悪いお母さんの板挟み。悩みだらけの光にとって幼馴染の正彦は唯一、笑顔にしてくれる存在だった。正彦への十年間の初恋。しかしその想いは、ある理由からずっと誰にも言えずにいた。自分に嘘ばかりついているそんな自分が嫌いだった。ある日、お父さんの“好きな人”であるナツと知り合う。自分にないものをたくさん持った彼女との出会いが、光の人生を変えていき…。そして、十年分の想いを彼に伝えるが——。十年間の切ない恋の奇跡に涙！

ISBN978-4-8137-1560-3／定価715円（本体650円+税10%）

『だから私は、今日も猫をかぶる～Sanagi's story～』　水月《みずき》つゆ・著

高1の影山紗凪は正義感が強く友達をいじめから守ったことで、今度は自分が標的になってしまいトラウマを抱えていた。それ以来、自分に嘘をついて周りに同調するために猫をかぶって過ごす日々。本当の自分を隠すため伊達メガネをかけていたのだが、ある日教室に忘れてしまう。翌日、急いで学校に向かうとクラスの人気者、保坂樹がそれを持っていて——。「俺の前では本音の影山でいて」彼と出会い、彼の言葉に救われ、紗凪は本当の自分を好きになっていく——。前に踏み出す姿に感動の青春恋愛小説。

ISBN978-4-8137-1561-0／定価693円（本体630円+税10%）

『5分後に涙』　スターツ出版文庫編集部・著

余命半年と告げられた私の前に現れたのは、白い髪に白い肌、白い服を着た——天使。ではなくて、死神。命を諦めていた私に、死神はある契約を持ちかける。(『もう一度、キミと初めての恋をしよう』）ずっと好きだった幼馴染が死んで幽霊に。切なすぎる別れが待ち受けていて…。彼女はある優しい嘘をついていた。『嘘つきライカの最後の嘘。』）など、全14編。気になる展開から、予想外のラストに感動して大号泣。通学、朝読、就寝前、たった5分であなたの世界を涙で彩る超短編集。

ISBN978-4-8137-1562-7／定価748円（本体680円+税10%）

『龍神と許嫁の赤い花印四～終わりを告げる百年の因縁～』　クレハ・著

意識を失ったミトが目を覚ますとそこは天界——龍神の世界だった。駆けつけた波琉曰く、堕ち神に襲われ、死んでしまったミトは、波琉との永遠の愛を誓った“花の契り”によって再び肉体を得ることができたという。しかし、堕ち神はある復讐を果たすため、依然としてミトの魂を狙い、襲い迫る。龍神の王でさえ、本来真っ向から立ち向かうことは難しい堕ち神。しかし、波琉は「ミトは僕の伴侶だ。決して誰にも渡さない」と全力でミトを守り…。ミトもまた、波琉との幸せな未来を歩むため共に立ち向かう——。

ISBN978-4-8137-1563-4／定価671円（本体610円+税10%）